非常

風

常

景

迅清 著

代序：看非常風景的文學旅遊

許定銘

認識詩人迅清是四十多年前的事。

一九七〇年代中期，我在灣仔開文史哲新舊書二樓書店，迅清常來。那時候他雖然只是個預科生，但已經是《大拇指》的編輯，香港詩壇上的新進翹楚。他不單常來買書，後來更半義務性質當了店員，搬書、上架，為顧客包書、影印，不分輕重，店中業務，靈活生巧。當時我心想：一個肯不計酬勞，不去當補習老師賺錢，整日磨在書店裏當義工的詩人，他日成就當非凡。

其後迅清上港大，畢業後當教師，幾年即越級升為中學校長……，成就有目共睹；之後移居悉尼，任職大學之餘，最難得的是不肯放下筆桿，多年來埋頭寫作，年前出《迅清詩集》（香港石磬文化，二〇一五）及《悉尼隨想》（香港初文，二〇一九），先是詩選，繼而隨想，今再推出旅遊《非常風景》，看來各種文體傑作陸續有來。

《非常風景》收旅遊文稿五十餘篇，此中遊南美馬丘比丘的超過二十篇，遊意大利的十餘篇，合起來超過全書的三分二，應是《非常風景》的主體；其餘還有遊北海道的、臺北

的、新西蘭的和冰島的，迅清似乎在環遊世界了。

此中遊冰島的只有〈冰島這個島〉一篇，但文中有幾句話十分精警：

……旅行是一個短暫離開工作或者煩惱的辦法。幹得倦了，生活太規律化了，需要一個短短的休息。可能再活得更起勁。當然每個人都會找一個旅行的特別理由。……我不是背包客，不想窮千山萬水，上山下鄉。我只是想在旅途上多認識一下平淡生活之外的點滴新鮮。每一趟的旅行，帶回許多珍貴的記憶，想多一點貪心，但也載不下很多。途中每日寫下的博客文字，儲存在相機的數碼照片，合成一份豐富的故事。

這是迅清寫旅遊文稿的目的，也是《非常風景》的風景和故事。其實我們做事的目的也不必偉大，找到中心，為自己生活找到情趣，為個人的生命擦出火花，足矣！

現在且讓我們看看本書的主體：迅清的「馬丘比丘」之行是個十多天的自由行，由於去馬丘比丘（Machu Picchu）的交通十分不便，他要先從悉尼搭十二小時飛機去智利的聖地牙哥，再轉到祕魯的利馬、庫斯科、奧爾蘭泰坦博，才能去到馬丘比丘，行程不是一天內的事，於是順便遊了這些南美城市。

馬丘比丘原意為「古老的山」，是祕魯印加帝國時期的著名遺蹟，整個遺址高聳在海拔 2350~2440 米的山脊上，是世界新七大奇蹟之一。

美國歷史學者海勒姆・賓厄姆三世，在一九一一年由當地農民帶到此地，並寫了本《失落的印加城市》（The Lost City of the Incas），讓西方世界注意到了馬丘比丘的存在而馳名，一直是旅行家嚮往的朝聖地。

迅清懷着高山症的恐懼遊完馬丘比丘後，經普諾返回利馬，參加了利馬的徒步旅行團，見識了當地人的生活，嚐了平民美食，訪遊了周邊城市瓦爾帕萊索、波蒂略等，才回到悉尼去。這麼轉折的旅程，能參與的機會不大，看的真是「非常風景」呢！

近年知識分子到世界各地去旅遊，已不單單滿足於表面的名勝風景，大多希望深入探究當地歷史文化的深度旅遊。於是，旅遊書籍也不再是浮光掠影的層面，本來是娛樂的閒書，也成了深度的旅遊文學著述。像迅清的〈新西蘭基督城〉，甚少寫景色，卻長篇大論寫「一名恐怖分子手持機槍走入兩所回教寺院，擊斃五十名平民，瘋狂程度震驚全世界」的失常事件。「馬丘比丘之旅」所表達的，就是資料充足的當地歷史、文化、人物和社會動態；遊瓦爾帕萊索時，訪尋聶魯達住過的三幢房子等，在在反映了詩人在旅途中不忘文學，此書真是知識份子的旅遊手冊，是一本出色的旅遊文學。

二〇二〇年九月

目錄

所謂南美行

　　今趟到秘魯，乘搭的是澳航的波音 747 客機。波音 747 畢竟有點老態龍鍾。外表尚可，打扮一下仍算是美麗可人，尤其是機首頭等艙的部份更是整個機身的神髓所在，簡直獨一無二。年華老去無可避免，曾經那麼輝煌。多年前有幸有一次得到由經濟艙升級，得以登樓往上一層。食物和招呼的體驗已經從回憶遠去，唯獨是看到座位那麼寬闊，的確眼界大開。以往多次乘坐澳航都是碰上 Airbus，今回重遇，萬分期待看見登上上層的樓梯。不過今次看到幾個年老的人士帶着手提行李艱難的爬上去，就知道做上等人一點也不容易。幾級樓梯就要你的命，難怪即使我們登機得早，也要在登記通道上等候一番。亞洲黑髮黃臉孔一族只有我們兩個。雖然延遲登機，沒有出現爭先恐後的情景。大家也反而很友善地讓開，等後面趕上來的一個抱着嬰兒的母親先進入機艙。

　　澳航飛秘魯，要在智利的聖地牙哥轉智利的 LATAM 航空飛秘魯的首都利馬（Lima），因為大家同屬 Oneworld 航空公司集團，因此在悉尼機場親自辦理手續領取兩程的登機證就可以了。不過澳航的網站上辦不到預早 check-in，因為有

一段小小的文字說，這個旅程是牽涉了兩間航空公司，不能在澳航網站辦理澳航和 LATAM 航空的座位。說得好像很有道理，但我記得飛歐洲的航線，澳航和某些航空公司都使用同一班機，反而常見出現兩個不同的班次名稱，不過我不知道究竟是否跟今次飛秘魯一樣。習慣了提早在網上登記，加上像我們沒有寄艙行李，那樣子走得很瀟灑，直接進入禁區便可以。既然不能提早在網上辦理登機手續，就要早一點來到機場。

澳航早已取消大部份的登機櫃位，改以電子櫃員機處理。打印和繫上條碼，甚至把行李搬上輸送帶，也是貴客自理。才想起，經濟艙的乘客的服務真是一般得可以，弄錯了甚麼得由你自己負全責，不用說座位空間愈來愈狹窄，食物的份量愈來愈小了。澳航的辦理登機處，數十座電子櫃員機任君選擇，排隊不知道由那端開始，甚至不用排隊。但只有兩個澳航職員，給乘客問得團團轉。他們又要處理商務艙的旅客。到了你把行李送上輸送帶等候確認，才發現條碼貼錯了位置，電子閱讀器讀不到行李的資料，輸送帶不處理，你又要把行李輸送帶搬下來，重新依指示貼好。

旅遊出門，早已知道寄艙行李是一個負累。我們把一切日用品放在手提行李內，再加上一個小背包，已經是萬分足夠。秘魯和澳洲在南半球，正是春天，溫度變化在手機的程式早已知道得很清楚了。我們沒有打算像友人登山遠足，也不需要帶備厚厚的衣服禦寒，旅途中預備不時手洗衣物，因

此行李相對少。至於攝影器材，由以前兩部單反相機三枝鏡頭的年代，到今天只帶一部小型無反相機加一枝變焦鏡頭，也帶備了一部手掌長度大小可以拍攝 4K 影片的攝錄機，一點也不必為裝備煩惱。如果有一部相片質素好的小型相機設有 4K 影片功能，就更加理想。簡單的裝備旅行天下，輕鬆自在，不必為拍照添煩惱。體力畢竟跟年紀漸長而退減，看見別人還帶着重重的背包，只有羨慕了。

從悉尼到聖地牙哥的十二小時多旅程，四肢屈曲坐在經濟艙那麼久，當然有點跟生命開玩笑的意味，所以考慮過我們可否承受多一倍的價錢之後，選擇了 Premium Economy。最初推出時，航空公司在機艙內宣傳加少許價錢，就可以轉到 Premium Economy。我沒有看清楚座位的寬闊程度，便以為是航空公司的宣傳技倆。最近有一次自己的座位要騰空讓有病的乘客躺下來，給換座淺嚐了一小時，果然少許改變了我的看法。不知何故，谷歌把 Premium Economy 譯作「豪華經濟艙」，非常搞笑。經濟艙的豪華級數，總不能跟商務艙相提並論吧。無論從票價和空間看，豪華經濟艙都是經濟艙和商務艙之間的分別。明白到一分錢一分貨的道理，你自然知道一個豪華經濟艙是甚麼回事。今次波音 747 客機的座位不夠令人百分之一百滿意，純粹是因為機齡的緣故。說到底，空間就是一切。這十二小時多的飛行，雖然依舊很難入睡，但手腳得以自由舒展，不知不覺間就到了聖地牙哥。

聖地牙哥的機場正在擴建，所以走了十多分鐘才到達轉

機處。遠遠看到新翼，外觀都近似香港的赤鱲角機場，尤其是那波浪式的上蓋。後來登機往利馬，就在其中一個新翼。這次我們選的只是經濟艙，電視屏幕也沒有，真的很基本。這個兩小時左右短短的航程，睡了又醒，醒了又睡，到達利馬時已接近黃昏。

網上許多人的經驗，都說到南美大城市，要注意扒手，所以總是左顧右盼，留意身邊的人。甚至乘搭交通工具，也選擇可靠的機場巴士往酒店。這輛機場快線巴士只往 Miraflores 區，第一站正是我們入住酒店的附近。巴士在機場出口已經有售票處，方便得很。我們走出機場，果然有許多人走前問我們要不要的士。其中一個看到我們手持巴士票，更指示我們的方向。起碼沒有感到不安。

悉尼比利馬快十三小時的時差，換言之，我們回到昨天。這微妙時區令我想起法國作家 Jules Verne 的小說《八十日環遊世界》。書中的主角 Phileas Fogg 沒有途經南美。但小說的結局就是因為時差關係令他準時回到倫敦。我們這次旅程十八天，其中許多小時花在飛機上往返。秘魯是第一站，今晚稍作停留利馬，明天就飛往古城 Cusco。年紀漸長，看得多，原來也忘記得一樣多。旅遊陌生的地方，可能便是其中一個有效增補記憶的方法吧。

二○一九年十月六日

利馬一瞥

　　由西班牙人建於一五三五年的秘魯首都利馬（Lima），它的意思就是王者之城。維基百科引用鄧達智的書《千年客家》中的一章說到，清末大批中國和日本人到來，便叫利馬做黑鬼埠。老實說秘魯人皮膚深褐色，未至於達到黑色的地步。叫他們做黑鬼，多少帶有點侮辱之意。叫埠也是上一輩的稱謂，今天朋友之間也很少這般稱呼悉尼。上一輩飄洋過海，為生活所迫走到許多不同的地方，最後在當地落地生根。想不到今天許多地方都是由無能的政府管治，全球的移民數以萬計。

　　利馬機場和我們下榻的酒店之間，距離不遠，卻要一小時多的車程，其實都是因為交通阻塞的緣故。剛好是黃昏，大家趕回家去。巴士上擠滿了人，馬路上擠滿了車。本來很短的一段路程，比正常花多了許多時間。機場巴士可靠的地方是很少誤點。翌日我們回到機場也乘機場巴士。說好是七時三十分，準時來到，走捷徑穿過橫街窄巷，安全把我們送到機場。某些網站說過很多人會乘搭機場巴士，甚至有時候滿得一個空置座位也沒有，要站着。不過我們乘坐的兩程，

只有乘客數人。巴士上有免費的 WiFi 上網，十分難得。旁邊的一個操普通話的女人由上車到我們下車都在講手機。最初聲音大，後來曉得把聲音降低一點。不過她所有朋友和生活細節都公開了，即使我們多麼不願意聽到。

馬路上，車子一般按交通燈的指示行駛，但路中央分隔兩端行車線不時有缺口，讓車子駛過對面的小巷或者回頭轉向。這些缺口都沒有交通燈。沒有車子接近，你的車直接駛過去就行了。如果有車子擋路，司機按響號示警，別人就會乖乖避開。至於行人，更不需要沿着行人過路線橫過馬路，在車子之間穿過就可以了。即使車子駛過來，只會向你響一下號，稍微慢駛讓你過路。這條各自三線的馬路，原來也有在路面設了薄薄的路障，車子根本不能開得快。稍一慢駛，後面的車子又響號。結果讓我可以細心看看沿途的風景。

馬路上有不少清潔汽車擋風玻璃的人，他們討的可能是一至兩秘魯索爾（Peruvian Sol）。一索爾等於約零點三美元。車子停在交通燈前，他們便會趨前來問司機要不要這個服務。跟悉尼不同之處，利馬的人清潔車子前和後的玻璃，很多時直到交通燈轉綠，還未完成工作，服務的態度應該沒有甚麼人有投訴吧？每個交通燈前，至少有一至兩個人在找有興趣的司機。有一次還見到一個成年人帶着工具，旁邊的小個子像是他的兒子。兩人都在路中無聊走着，好像碰不到甚麼機會。

悉尼的賭場只有一間 The Star Casino，反而在許多退伍

軍人會所中，有角子老虎機給大家碰運氣。在利馬到酒店短短的車程，就看見了三間賭場，看來賭博是有一定的生意，但運氣與我並不投機，即使有時間，也不打算進去看看。我看到不少餐廳的名字寫着 Chifa，馬上聯想到 China 或者 Chinese，再看個清楚，原來不就是中式餐廳的意思嗎？餐廳的名稱例如「心心」、「步步高」和「龍」等等，其中一間更用某大鼻子功夫巨星作為名稱，可能想藉明星效應招徠顧客。不過任何人都知道他人格不堪，政治取態也和香港人的價值愈走愈遠。我早決定堅持自己的原則，不再看他的任何一部電影了。

利馬近海，濕度高，晚間和清晨給大霧籠罩。朋友告訴我利馬從不下雨。早上等候機場巴士的時候，抬頭一看，天空灰暗暗，薄霧掩蔽着十多層高的頂層，潮濕的空氣令人一點也不好受，可能要到下午太陽才冒出頭來，也有可能一整天灰灰的。有人跑步，有人帶狗悠悠散步。馬路上的士駛過來響號，即是問你要不要車。你也可以看狗獨自在街上走來走去，橫過馬路，尋找食物，在這個城市在人類間走走停停生活，有牠們的步伐。無聊地想起得過諾貝爾文學獎的秘魯作家馬里奧·巴爾加斯·略薩（Mario Vargas Llosa）的第一部成名作，就叫做《城市與狗》（*La ciudad y los perros*）。小說的背景正是利馬的一個軍校和利馬這個城市。據說略薩從不喜歡《*Time of the Hero*》作為英譯的書名，但出版社覺得原名太普通，他只好無奈接受。不過「城市」和「狗」兩者卻巧合地

在我腦海中浮現，揮之不去。不知道這部寫於一九六三年的小說中的利馬，跟二〇一九年的利馬，有甚麼異同？

在內陸機的候機大廳等候飛機到庫斯科（Cusco），意外看見其中一間書報雜誌店，在一角擺放了略薩的部份著作。秘魯是西班牙語國家，略薩的作品當然是用自己的母語，可惜我這個異鄉人不懂西班牙語，白白錯過了閱讀原文的機會。不過看到書被薄薄的膠袋封起來，甚至翻閱一下的機會也沒有。到底略薩和其他作者是否寫了禁書嗎？到底封起來的是書還是書店主人的腦袋？

我們飛往庫斯科的飛機結果延誤登機。延誤是意料中事，但這次是機械故障，結果延後一小時，而且要改乘另一航班。乘搭 LATAM 的好處是它一小時有兩班飛機飛往庫斯科，調配航機容易。庫斯科是高山的古城，海拔三千三百九十九公尺。從平地霎時飛往這個高度，有些人會患上高山症，嚴重的會有生命危險。庫斯克是印加帝國的首都，建於一一〇〇年，比利馬還要遠古。印加在十六世紀給西班牙人征服，直至一八二四秘魯人宣佈獨立。我手上有 iBook 下載的 *History of the Conquest of Peru*，寫於一八四七年。翻了數頁，開首寫古國的發源，閱讀下去，就會看到印加如何滅亡。原來即使功名如何顯赫，也並沒有一個千秋萬代、永恆的盛世。

二〇一九年十月十三日

奧爾蘭泰坦博

　　飛機降落庫斯科（Cusco）的一刻，覺得肚子不舒服。首先想到的是否高山症作怪。庫斯科位於海拔三千三百九十九公尺，高度當然比瀕海的利馬有一大距離。一般而言，高山症出現於二千公尺的高度或以上，症狀包括頭痛、嘔吐、全身無力、疲倦、甚至失眠，尤其出現於快速上升的情況下。以前在瑞士要近距離看 Mattahorn 峰，由 Zermatt 乘坐纜車登山，到了瞭望臺，也不過是三千一百公尺。在雪地上逗留了約一小時，又在餐廳內進食了一點東西，沒有感到不舒服。那時候沒有想到甚麼叫高山症。首次見到這個著名的山峰，即使是短暫的逗留，已經滿心歡喜。

　　但這次到秘魯，有十天逗留在海拔三千公尺以上的地方，心中有點恐慌。再翻閱一下資料，原來高山症跟年紀沒有甚麼關係，視乎個人的體質和健康情況。如果沒有準備，出現了高山症，吸氧氣不見好轉，終極的救命方法是取消行程，立即回到利馬好了。因此為準備這次旅程，數月前見了家庭醫生，請他開預防高山症的藥。這種叫 Diamox 的藥，其實也不是靈丹妙藥。首先要預早數天吃，然後一直持續到

離開高地為止。這種藥也有副作用，有人胃不舒服，有人手足偶爾發麻。數天下來自己沒有出現甚麼異狀，但一定要到了秘魯的高地才知道有沒有功效。庫斯科是高地的第一站。

庫斯科是到印加帝國遺址馬丘比丘（Machu Picchu）的其中一個起點。馬丘比丘旅遊景點不過二千三百四十公尺，比庫斯科還低。取道庫斯科，其實要先到山區小鎮 Ollantaytambo，然後再乘火車到達 Aguas Calientes 鎮，再坐旅遊巴士登山。這樣做，可以在 Ollantaytambo 逗留一下，看一看鎮上的另一個印加遺址。很多人參觀馬丘比丘，選擇在 Aguas Calientes 留宿，然後翌日早上登山。看到是晨光下印加皇朝的輝煌往昔。但高山上薄霧瀰漫，可能只到中午過後，才能一睹廬山。考慮過後，決定下午登山。遊客的高峰過後，走得自然從容。其實參觀馬丘比丘，亦可由專業導遊帶領，徒步於山野間。朋友遊馬丘比丘山區，就是從那端走數天才到 Ollantaytambo，如此親炙山野溪澗，看到的風景自然和我們這輩俗人不同，只能佩服。

在網上訂了鎮內一間三星級酒店，住客的評分幾近滿分。谷歌中譯 Ollantaytambo 為奧爾蘭泰坦博，非常拗口。小鎮位於庫斯科西北七十二公里，海拔二千七百九十二公尺，可以召的士。可是很多的士不是安裝了咪錶按路程長短計算車資，而是上車前跟司機議好價錢，到埗才付款。聽說有些司機在機場外在等待的眾人中取得乘客的名字，然後手持同樣的名字在行李領取處搶客。雖然沒有寄艙行李，還是

請住宿的酒店幫我們安排一輛車。我們要付美金，車資也比一般高少許，但考慮到安全，還是這樣好。出了機場，就看見有人持着我的名字。趨前確認，十分鐘後車子便來了。車子不是的士的外貌，相信是輛出租私家車而已。

庫斯科的古城區，其實是高山上的瑰寶。但我們的出租車子離開機場，根本沒有經過古城，便往山上去了。在網上的許多短片中，庫斯科的美麗都是那些從高處望下，一片的泥黃橙黃的小小房子。到了山上，司機稍停，把車子靠在路邊，讓我們拍攝第一張山下和庫斯科城的樣貌。這一段十多分鐘的車程，說是古城，倒令人有點失望。車子經過市集，熙來攘往，人車爭路，一點古樸也沒有，只是充滿沙土的城市。路旁是堆放的黃泥，半蓋的房子露出了鋼筋，看不到復工的樣子。狗身上佈滿泥塵，走到這走到那，或是伏在地上，看不見牠們的主人。這樣的光景令我想起多年前和朋友到廣州的情景：馬路兩旁的房子前堆放了沙土和磚頭，清拆了又興建，然後又清拆。四十年過去了，看到庫斯科古城外的磚頭塵土，竟然會想起如此相似的、重複的情景。這個古城的郊外，究竟何時不再沙土飛揚？

沙土四處飛揚，空氣當然非常乾燥。花不起錢蓋房子，只是把泥堆起牆壁，用鐵皮用上蓋，窗子也不多見，你可以想像得到生活如何艱苦。山坡上的房子都是擠在一起，泥黃色的，旁邊深泥黃色的是新翻開的泥土，預備來種馬鈴薯。四周都散佈垃圾，許多都是棄置的膠袋。大地這麼廣闊，每人每天丟棄

一袋，還要許多世紀才把地球變成垃圾崗，誰人敢來管？

最後在巔簸之中，我們來到 Ollantaytambo。酒店的門口正好伏着一隻黃狗。這裏的狗跟人沒有甚麼膈膜。你走你的陽關道，我走我的獨木橋。沒有人帶狗散步，因為狗在路上走得自由自在，有人經過逗一逗牠，牠便跟着來。這些狗也不吠叫，安靜的，好像見慣了許多遊客，穿插其中，一點也不驚慌，也懶得理你是誰。

這個旅遊小鎮，酒店和餐廳多不勝數。像我們入住的小酒店，兩層高，十一個房間。餐廳可以進食簡單的自助早餐和晚餐。房租包括了早餐，不用出外找。老實說，除非是酒店，大清早一般的食肆還未開門營業。晚上許多餐廳營業至十時，其實很多人還未有睡意。喝杯酒，坐着看看過路的人，春天剛開始，氣溫不熱不冷。奇怪這個季節鎮上也不見很多人。

Ollantaytambo 的著名景點是小巷，像小棋盤，房子在其中。小巷有山上的水沿溝渠流下來，大家就蹲着拍照。很多人說在此地不要把貴重的財物外露，所以我用膠紙蓋住我的相機牌子，又不掛在胸前，只是需要時才抓拍數張。當然如果是賊，也不是我這般笨的人可以察覺到。廣場上的大街的一角原來是警察局，不少荷槍實彈的警察出入。聽說秘魯的警察隊中貪污問題非常嚴重，街上的警察其實只是負責交通，在街上巡邏而已。

二〇一九年十月二十日

小鎮風光

　　聖谷（Sacred Valley）小鎮 Ollantaytambo 地方集中，的確是好處多。尤其我們這些走馬看花的旅客，想到達主要的景點，不用走得老遠，一個至兩個小時之內，已經逛完鎮上的大街小巷。四條主街交錯十一條小巷，南方就是小廣場，環繞四周都是一層或兩層高的房子，瓦片屋頂，地下的都是食肆。不懂得西班牙文不重要，牆壁上的餐牌都寫了英文：早餐有奄列、三文治和漢堡包等等。意式薄餅更是大行其道。走經餐廳門口附近，便有人趨前向你介紹有甚麼好吃。他們遞出餐牌，咕嚕咕嚕的說了一大堆名字，還是不懂得說些甚麼。幸好他們只是推銷，沒有拉拉扯扯。餐廳門前的桌子坐了兩個人喝咖啡，上層露臺也有人輕鬆的坐着，一個悠閒的樣子。餐廳有三兩食客光顧，他們都沒有甚麼不滿的臉色，等於食物還可以接受。有一間咖啡店的店員更熱情的用英語介紹他們的美食，邀請我們有空再來，只是時間那麼短暫，除非有深刻的印象，經過之後，真的不容易回頭了。

　　經過廣場，再往東南走，就是小鎮兩層的市集，你可以

買到肉食、蔬果和日用品，就像香港公共屋邨的街市，只是更市井。地下那一層門口的攤位賣新鮮水果，香蕉、蘋果、提子、橙、木瓜和西瓜，甚麼都有。他們切開菠蘿厚皮，把肉取出來，放在板上讓你挑選。再往裏面走，就是鮮肉食區：魚和雞都很普遍。雞是黃油雞，一隻隻去了頭毛脫光了連爪放在一起。說明了雞肉其實是最常見的肉食。第一天到利馬，我們太疲倦不想外出，在酒店的餐廳吃晚餐，其中一樣，原來就是一般秘魯人常吃的雞湯麵。這一道美食其實是在清湯中放上了雞肉、馬鈴薯和意大利幼麵。清湯當然是雞湯，有良心的餐廳，會用鮮雞做湯。但一般的做法都是用 chicken stock，也不會有甚麼問題。那一碗雞湯麵，盛惠十八秘魯索爾，等於五美元，是酒店的價錢。在利馬的街上，你可以用十二至十三秘魯索爾吃到，小鎮可能更便宜。平民的美食，秘訣就是新鮮的素材。在你飢餓的時候，一碗熱騰騰的湯麵，可能比甚麼都更美味。

走着走着，我們覺得肚子有點餓，卻不想找一間餐廳坐下來，於是想到不如在超級市場找點餅食。此地沒有大型的超市，只有一兩間規模比我們二十四小時營業的便利店還要小的店。貨架上產品的包裝跟我們的沒有大分別，例如餅乾和糖果，一看就知道裏面是甚麼貨色。反而很少看到當日出爐的麵包。那些預早包裝的條狀麵包倒有不少，但我們卻沒有甚麼興趣。看店的坐在近出口的一角，看着進來的像我們這樣子的遊客。店內一個本地人也沒有。在市場有新鮮的東

西出售，還可能更便宜，所以對這些超市貨色不屑一顧。找不到簡單的餅食，沿這單程街道再走經數個店鋪，意外地發現一間麵包店。門前的玻璃櫃內竟然擺放了法式牛角麵包，體積較大，但絕對是我們熟悉的食物。這麵包店還有擺放其他的糕點，例如慶典和生日蛋糕，一看更知是自家製作。我們用手勢示意要兩個麵包，店內的女孩漠漠然把每一個麵包放入紙袋，遞給我們，給她十索爾找續回四索爾多，不算很便宜，因為每一地方的物品總有本地價和遊客價。但找到這兩個新鮮麵包來吃，當然有些驚喜。

我們選擇了在酒店進晚餐。店主 Michael 大力推薦每人二十索爾的自助晚餐，包括三道菜的菜單：湯、自助餐食物和甜品。二十索爾算是合理。吃過湯，已經半飽，再在食物枱上取沙津菜、煮熟了的蔬菜、雞肉串燒和後來加添的炒牛肉，更加吃得津津有味。晚飯吃了一半，忽然來了一個音樂人。他彈着吉他口中吹着竹排笛，第一首音樂完了，第二首是 Simon and Garfundkel 的 Sound of Silence。Sound of Silence 固然是經典名曲，但我其實比較喜歡他奏的第一首，奏得那麼悲愴，竹笛的音樂，一段一段像呼吸，又令人想起野外的風聲。我來不及問他那首歌叫甚麼名字，他賣完自家錄製的 CD 後，就匆匆走去另一間餐廳了。

這間三星級酒店，店主自豪對我們說設備是五星級。他說牀褥硬度適中，也是事實。剛來到秘魯，時差關係，跟悉尼相差十六小時，夜半就起來，牀褥的作用不大。不及

格的是洗手間，沒有抽氣扇，洗澡後整個空間充滿濕氣，鏡子濛濛，如墮仙境，其實很易滑倒。洗手間的門外邊放置了一個玻璃茶几，上面有一瓶鮮花。出來不為意，兩次下肢碰到几角，皮膚受損出血。這個胡塗擺設是畫蛇添足，要扣分。不過酒店也有多餘的空間給住客使用，我們的房間外是個露天休閒地方。房間內沒有熱水壺，我們就到那處取熱水沖茶。

大家都說來到秘魯山地，如果要盡快適應高山氣候，不能不喝古柯葉（Coca Leaves）沖的茶。在酒店休閒處，果然有個瓶子裝滿了古柯葉。我們取出幾片碎葉，浸在熱水裏，淡淡的，沒有味道，以為沒有甚麼效用。我們也試過古柯葉茶包，也是如此這般。後來才知道要把許多古柯葉沖茶，效果才顯著。我們畢竟太保守了。不過既然已經服了預防高山症藥，再試也根本試不出來。這些古柯葉茶還弄得我的肚子不舒服。這裏有其他的茶包，試過了不少，也是不習慣。水土不服原來就是這麼簡單一回事。

來到 Ollantaytambo 的第二天，我們就要乘火車到馬丘比丘。因為 Ollantaytambo 遊客不多，感覺不到那些對你獨特奇異的眼光，但馬丘比丘可能不同。不過作為一個遊客，毫無疑問不能避免別人把你當成一個取悅的對象。天涯海角到來，你看着你，你看着我，不妨就當作是緣分吧。

二〇一九年十月二十七日

馬丘比丘

　　朋友說遊秘魯，不看馬丘比丘（Machu Picchu），等於沒有來過秘魯一樣。說得很好。從利馬到馬丘比丘，不過是五百零三公里，不是咫尺的距離。所以沒有太多時間的話，乘飛機先到庫斯科（Cusco），只不過個多小時。馬丘比丘在庫斯科西北八十公里，下機後可以直接坐巴士或火車到馬丘比丘山下的小鎮 Aguas Calientes，然後再乘專用巴士上山。網上建議馬丘比丘一日遊就是乘巴士到我們入住的小鎮 Ollantaytambo，然後乘火車前去，全程費用二百三十美元。如果你選擇最便宜的方法，就是乘搭不同的交通工具（巴士和的士）加上步行，穿越森林和峭壁，抵達 Aquas Calientes，然後再拾級而上登山。登山巴士單程車費十二美元，有人選擇走下山來，當然有另一番滋味。

　　坐火車是最直接的交通工具。但庫斯科前往馬丘比丘的火車站，位於城外的 Poroy 鎮，所以要多乘一程巴士或的士前往，所以後來才想到不如在 Ollantaytambo 投宿，把一天緊湊的行程變為兩至三天，不是更好？至於坐火車，可以選擇 Peru Rail 或是 Inca Rail。兩者之間孰優，只能從網上博

客的評語中得知。一般而言，Peru Rail 的車較新，更可乘搭最豪華的 Hiram Bingham 列車，車費三百九十美元。Hiram Bingham 是誰？沒有他，可能就沒有新七大奇蹟的馬丘比丘。一九一一年七月二十四日，考古學家 Bingham 得到當地農民帶領下，找到這個高山上的印加帝國遺跡。他以為這就是印加帝國的最後的首都，寫下了《失落的印加城市》（The Lost City of the Incas）這本書。直到多年後，大家才糾正這個錯誤，發現應該是 Vicabamba。西班牙人於一五七二年征服印加帝國，首都被焚毀，甚至正確的地址也隨歷史湮滅。Vicabamba 的現址叫做 Espiritu Pampa，位於深山中。

Bingham 的角色可能啟發了佐治‧魯卡斯（George Lucas）《奪寶奇兵》中的 Indiana Jones 的角色。但諷刺的是 Bingham 原來真的是個掠奪者。Bingham 於一九一二年、一九一四及一九一五得到耶魯大學和美國《國家地理雜誌》的協助下重回馬丘比丘，以租借為名，帶走四千多件文物回耶魯大學。為了討回文物，多年來秘魯政府不斷抗議，甚至和耶魯大學對簿公堂，最後總統奧巴馬出面，親自與耶魯大學交涉。二〇一一年三月三十日，耶魯大學終於把第一批共三百六十六件文物交還秘魯，並於二〇一二年十一月交還最後一批的陶瓷碎片。

今天 Bingham 鹹魚翻生，成為馬丘比丘的富貴列車，不無遺憾。Bingham 是個生招牌，用他做廣告，大家都知道是貴賓級，即使是掠奪者又如何？Hiram Bingham 列車

的最後一個車卡附設露天的座位，途中有藝人表演傳統歌舞，乘客可以與藝人共樂，不用只看風景了。不過我們到了 Ollantaytambo，唯一的選擇是 Inca Rail。我們在網上訂購了座位，在登車前在 Ollantaytambo 火車站前的 Inca Rail 辦事處取車票連同登山巴士票。辦事處對面是候車室，供候車乘客專用，裏面有免費茶和咖啡供應，又有免費洗手間。這樣的設備，其實已經是特別招待了。我們坐下不久，看見一輛旅遊巴載着三四十名遊客下車，顯然他們是參加了馬丘比丘一天遊，旅行社安排他們在這地登車。

Ollantaytambo 火車站距離 Inca Rail 候車處一百米。火車即將到來，我們便走下去。沿途是小販攤檔，出售食物和紀念品。秘魯的平民小吃也有飯吃，肉加菜加煎蛋覆在熱飯上面，簡單又美味。一個吃得津津有味的男人向我們竪起拇指，表示值得一試，可惜我們要趕路。我們的火車還未到來，卻剛巧看到一輛 Hiram Bingham 列車停靠在月臺，最後的車廂上大家隨音樂起舞。稍停一會，列車開出到馬丘比丘。

我們的 Inca Rail 列車隨後駛入月臺。服務員檢驗車票，指示我們座位。這車廂是兩邊四個座位面對面，我們的對面是年輕一男一女德國人。每一個車廂有兩個服務員，負責廣播和供應食物。記得在預訂車票時好像包括一個午餐，但後來只是小食和巧克力。這個個多小時行程比想像中短，很快更到了馬丘比丘山下的 Aguas Calientes 鎮。來到 Aguas Calientes 的人，都是為了登山。小鎮在山坡上，中間是一條

馬丘比丘

小溪，穿過售賣紀念品的攤檔出來，到鎮上一看，便有那種旅遊觀光的感覺。如果不說這個是秘魯的小鎮，不看到那些店鋪的名字，你還以為走進了是日本山區溫泉。原來它們之間是有許多共通的地方。

很容易看到登山的巴士，只是排隊的人很多，人龍沿着山坡向山下排隊。走近一看，原來人龍之中，又分開了小隊，很多旅行團的領隊在點人數，卻因為人數不足不能上車。我們走到人龍的前面，很快更登上一輛載十多人的巴士。巴士坐滿了乘客，便開出往山上，原來山上的路那麼狹窄，不時要讓下山的車駛過。間中看見有人在從山上徒步下來。

旅遊馬丘比丘，有許多限制，其中包括要有導遊同行，又規定你的相機的價值不能超過三百美元。其實入境秘魯時需要申報攜帶的昂貴物品，甚至儲存卡也不能多於四張。老實說，一部像樣的手機已經不少於三百美元。現在很多人都使用手機拍照，管得着它的價值嗎？進入馬丘比丘沒有安全檢查，他們不問你，你也不必回答。事後在山上，看到不少人的相機都價值二千美元以上，加上鏡頭，也許就是一個他們眼中的專業攝影師了。我只帶着輕便的小相機，反而沒有那麼多的顧慮。

那是個美好的下午，陽光不猛烈，天空間或有灰雲，不下雨已是奇蹟。每日遊覽馬丘比丘的遊人，限制於二千五百人，因此我們可以從容在所謂景點肆意拍照，也不用輪候

太久。這樣做，當然少了收入，但太多遊客到來，根本保護不到遺跡的自然衰亡。遊遍馬丘比丘，穿越那些大小角落，沒有半天不行。馬丘比丘的原本意思是古老的山，海拔二千三百公尺。要親炙印加文化，馬丘比丘的的確確是不能不到的奇妙地方。

二〇一九年十一月三日

在馬丘比丘的半天

　　走到馬丘比丘入口處，想起酒店主人 David 的話：昨天遊人回來說，蚊子很多啊！要準備一下蚊怕水才好。謝謝他的相告，結果我們早一天就在 Ollantaytambo 鎮中心的廣場附近，買了一支熟悉牌子的蚊怕水，以備不時之需。我不是惹蚊的人，但蚊子帶來的疾病，不可以看輕。早一天的天氣預告，還說馬丘比丘會下雨。因此遊馬丘比丘，還要預備雨具、防曬油和帽子。遺址在山脊上，剩下了牆壁，並無遮蔽。途中下雨，肯定狼狽不堪。天空放晴，萬里無雲，又曬得頭昏腦脹。在網上看到許多人拍攝旅遊馬丘比丘的錄像，雨下着，迷濛一遍。但這個不幸的專業 YouTuber 還是很努力介紹四周的風景，因為行程既定，即使天氣不佳，也要依舊拍攝，不然就沒有甚麼可以告訴追隨者了。幸好我們只是一個隨緣的遊客，一切天注定。我們有既定的行程，也預早訂購了馬丘比丘入場票，不可以隨便改變。如果那天下大雨，只能抱怨運氣不佳。過了入口處，沿樓梯上山坡，看到第一個打卡的景點，原來就是由高處拍攝到的古神廟遺址的那張熟悉的照片。任何人踏進馬丘比丘，也渴望從這個角度，看到遺址的全貌。當

然光與影之間的照片，沒有一張是相同的。

　　遊馬丘比丘，天氣好的時候，隨指示牌而行，上斜坡下斜坡，路還是好走的。不過如果遇上下雨天，在碎石路上走，真的要千萬小心才好。雙腿不靈光的人，更是一個不小的挑戰。年輕時可以在石上跳來跳去，現在可能要嘆氣了，不得不考慮回頭。馬丘比丘的出口，其實就在入口的下面，有一道樓梯直達，有一個職員守着通路，防止你走回頭。我們結果沿着石級向上走，走到太陽門（Sungate），踏上大草坪，就可以看到整個遺址。其實馬丘比丘泛指這個包括古神廟遺址的莊園，馬丘比丘山是一座高山，海拔三千零八十二公尺，遺址的所在地只不過二千四百公尺。如果你要遙望古神廟和它附近的連綿不斷的山，不妨徒步一千六百級花兩小時，走上到馬丘比丘山之巔。這個登山的計劃，還是早上好，下午到來，恐怕太緊迫。匆匆忙忙，又有甚麼意思？

　　從太陽門下來，途中下了一陣雨，拿出傘子來擋雨，不久雨停了，只好拿來擋猛烈的陽光。後來看到一群年輕人，臉上和坦露的四肢都出現了蚊咬的紅點，還看到在陰蔽處蚊子飛舞。原來蚊子肆虐不是個玩笑，我們才醒覺，不管那麼多，馬上拿出蚊怕水朝身上噴。旁人只顧在笑。不過噴過後，蚊子果然不跟着來，走得很放心。有兩人在每一個他們認為的好景點不斷拍照，我們在後面看着他們如此認真，又不理會是否阻擋別人的樣子，實在很有趣。後來我索性把他們拍攝在照片中，成為了一部份的風景。

　　馬丘比丘的印加風格，除了印加門外，就是那些巨大的無縫接合的大石塊。石塊之間的隙縫，匕首都無法放進去，大家無法理解它們如何拼接在一起。這個古神廟位於高山上，印加人如何把大石搬上來也是一個謎。其實歷史上如此的謎團，有如恆河沙數。即使今天發生的許多事情，也不一定有答案。馬丘比丘建於十五世紀，考古學家發現它並非一個城市，而是一個貴族的莊園。莊園內有宮殿和供奉神祇的廟宇。貴族要建造如此宏偉的莊園，一定要成千上萬的平民百姓完成他們幾近瘋狂的美夢。即使沒有文字的記載，你也該想到這宏圖背後的血淚。

　　作為莊園遺址的半天遊人，我們只能憑弔那些逝去的榮光。路上有封閉了地方，也有工人在修築步道。每天來到馬丘比丘的人，或多或少都在破壞古蹟。幸好大家都很愛惜這個地方，好像沒有人在石上題上到此一遊的詩句。偶爾看見羊駝（Lama）在廢墟之間吃草。這種像羊一般的動物，生活在秘魯和智利的高原上，和另外一種叫 Alpaca 的羊駝很相似。Alpaca 的毛像羊毛一樣，是秘魯普遍保暖衣物的原料，也是一個秘魯時裝的品牌。羊駝在靜靜吃草，偶然也在斜坡上跑來跑去，有人逗牠一下，看來並不怕人。

　　到了馬丘比丘的出口處，已經是天色轉暗，好像又要下雨了。結果只是暮色漸漸掩過來。馬丘比丘五時閉門，大家陸續出來登上巴士下山。我們的火車是晚上八時十分，原本的打算是在山下的 Aguas Calientes 鎮吃晚飯。走到火車站

一看，候車室內人頭湧湧，我們的火車班次還未出現。走出來，在火車橋附近看到一個咖啡店，就覺得先休息一下，才想吃甚麼晚餐。

看看餐牌，咖啡是指黑咖啡，加奶的是 Latte，Cappuccino 或 Flat White，價錢稍貴，不過還是比悉尼平四分之一左右。喝不慣黑咖啡，叫了 Latte 和 Cappuccino 各一杯，由咖啡機沖出來，當然可接受。邊喝邊看巴士載着遊人下山，原來路上人們也一樣忙忙碌碌。水在橋下急促流着，偶然火車慢慢在橋上駛過，看着逐個亮起的燈，享受一個悠悠的黃昏。

我們入夜後走過火車站附近的餐廳，竟然沒有甚麼正在進食的客人。難道這個正是旅遊的淡季？七時許往利馬的火車滿是人，但我們這班回 Ollantaytambo 的列車竟然只有十一個乘客，也只有一個車卡。在黑夜裏，火車開了一會又停下來，看見有人在車旁走來走來，好像作檢查的樣子。結果列車還是繼續前行，只是搖晃得比日間的列車多。

最後列車回到 Ollantaytambo 車站。火車站前數個的士司機持着證件叫我們登車，但我們決定徒步走回酒店。沿途的店都已關上門，狗在店前睡着，街燈把路照得如同白畫。日間隨處可見的警察已經下班了。這十分鐘短短的路程，只有數個往鎮上的同行人。同行好像彼此有照應。沒有鬼祟的人，也沒有警察，反而意外地叫人感到安心。

二〇一九年十一月十日

在馬丘比丘的半天

庫斯科來的司機

Ollantaytambo 鎮附近一帶，是聖谷（Sacred Valley）的範圍。聖谷也叫烏魯班巴谷（Urubamba Valley），我們由庫斯科（Cusco）來 Ollantaytambo 的途中，不止一次看到這個字，後來問的士司機是甚麼意思，才知道是這地方的名稱。牆上的字是這區的候選人，叫大家投他信任的一票。老實說，政客的信用低落，選後任何問題貴客自理，承諾迅即消逝，無恥正是他們的本色。這個世界的墮落，政客的質素是其中的主因。他們為的是自己的利益，不為市民，更遑論選區。所以泥壁上塗上血紅的口號，見証政客的可惡。相信多年來聖谷的生活境況，也沒有甚麼好好改善過。

烏魯班巴谷是蓋丘亞族（Quechua）給它的名稱。蓋丘亞族是秘魯原居民，生活在南美的高地上。現在大概有八百萬到一千萬人懂得說蓋丘亞語。西班牙人滅絕了印加帝國，再想禁止他們說母語，可是高壓下禁之不絕，現在仍有那麼多人守護自己的文化，使蓋丘亞語不至滅亡。法國平價運動服裝店 Decathlon 在悉尼開了兩間分店，我是他們的捧場客，因為運動上衣十澳元以下有交易。有趣的是其中一個運動鞋

的品牌就叫做 Quechua，專門出品登山用品。根據 Decathlon 的網站介紹，Quechua 已經有二十年的歷史。記得我們在庫斯科甫下機，就看到兩個登山的人全身是 Quechua 的裝備，感覺有如同路人。

Ollantaytambo 鎮上，其實也有古蹟可看，當地人叫他做 The Ruins，意思就是廢墟。這個廢墟原來是一個大城堡，建於梯田上的最高處就是太陽神廟。每一級的梯田比一般人的身體還要高，從地面走上太陽神廟，要慢慢攀登。梯田居高臨下，是十五世紀時原居民擊退西班牙入侵者的根據地。到了梯級頂處，就可以看到 Ollantaytambo 全鎮的風光，也看到山下瓦片屋頂的房子，在再遠一點是山谷的入口，給三座大口擋着，也有綠色的田。廢墟對面的山脊上，就是古代儲存庫。我們的旅舍的天井向上望，就剛好看到這個古老用石興建的儲存庫。由廢墟沿着山脊的路走過來，也許要個多小時。這天天色灰暗，走到太陽神廟附近，看到對面山頂的絲絲白雲，四周竟是一片泥黃，原來晴天和陰天這世界有如此大的分別。但陰晴圓缺，不是你可以隨意選擇。

從石階走下來，沒有扶手，反而走得小小翼翼，確是有點吃力。但沒有這些額外的東西加上去，可見得是盡量保留原有的風貌。其實政府還有專人巡視，撿走碎紙，不過我見不到有甚麼大量的垃圾。也有工人修築梯田，因此沿山脊的步道已經封閉，不讓人走過。這些細小的修補工程，應該沒有給遊客帶來甚麼的不便。只要在地面上走到廢墟的另一

端，就有小石級登上山脊的步道，沒有太陽神廟那端那麼多人。

　　廢墟開放時間是早上七時至下午五時，入場費一百三十秘魯索爾，約四十美元左右。不過入場費原來是包括參觀聖谷附近其他四個景點的費用，有效期兩天，不能算貴。只有鹽田要另外付入場費，但也不過是十索爾。聖谷是秘魯的旅遊景點，單以馬丘比丘計算也可以吸引千萬的遊客。因此秘魯政府曾經提出要在聖谷興建一個大型國際機場，讓遊客從國外直接飛進來，節省在庫斯科轉機的時間。可是興建新機場，對原來的生態環境恐怕是一場災難。我們離開 Ollantaytambo 返回庫斯科途中，來到一個高地，向下望聖谷一片綠油油，如果看到是一個機場，風景當然不同。不過政客腦袋裏面想的只是眼前的光景，又可曾想過那麼遙遠？

　　我們向旅舍提出要乘坐的士回庫斯科，途中想要參觀其他景點，這是六個小時的導遊行程。旅舍主人介紹由庫斯科載我們來的司機 Edison，問我們可好？我們沒有甚麼意見，加上那天忘了給點小費，也可以趁這個機會補回。Edison 的英語很勉強，但他懂得用手機上的翻譯程式，對着它用西班牙語說一遍，等它翻譯英文出來讓我們聽和閱讀，似乎這個方法溝通還可以。程式有時譯得很快，有時卻像聽不到，要多說數次才有效把意思譯出來。

　　Edison 住在庫斯科，把我們從 Ollantaytambo 載返，他必須先從庫斯科開車過來，要一小時四十五分鐘左右。旅舍

主人收我們七十五美元車資加導遊費用。七十五美元中到底有多少給回他，相信是個商業秘密，直接給的士司機車資，可能他們會更加感謝。秘魯平均每月工資大概是二百八十四美元，六天工作每天也約是十二美元，真是可悲的數字，所以即使 Edison 要走一轉來到 Ollantaytambo，他也願意。我們的行程中原來要到庫斯科的另一個 Pisac 小鎮看另一個印加遺址，但登車後，Edison 表示路程太遠，建議我們到 Chinchero，因為 Chinchero 是途中必經之地，我們沒有異議。

可能我們沒有堅持自己的行程，也沒有想過其他，只是提議兩個必看景點，其他由他負責。途中遇到一個特色的巡遊，看到很多人秘魯人穿着奇裝異服在鎮上的一端跳着舞隨音樂走到鎮中的廣場。到了吃午飯的時候，Edison 帶我們到一間專門接待遊客的食肆。不假思索，他跟我們坐在一起，叫了一份午餐給了自己吃。看一看餐牌，價錢不便宜，他叫的三道菜的午餐是三天的工資，比我們兩人的午餐加起來的價錢還要多。到底他是自己或是我們付費還不清楚，事先也沒有協議他的午餐由誰支付，結果付帳的時候我們成為了東道。

這一頓午餐當然吃得很不愉快。後來才想到他午餐時跟鄰桌的另一個司機頻打眼色，看來可能表示他在炫耀他有這趟難得的遭遇，即使後來他帶到的景點也失去了興趣，只有叫他匆匆趁黃昏前送我們到庫斯科的酒店。下車前他作庫斯

科市內的導遊的提議，也敬謝不敏。現在我還在想，在陌生人前，究竟我們應該顧及人性的善良美好，還是先存一點戒心呢？

二〇一九年十一月十八日

庫斯科的傍晚

　　來到庫斯科差不多接近傍晚時分，天色還亮，陽光斜照在山坡上密麻麻的房屋，相信住了不少人，和聖谷的小鎮當然有很大的分別。

　　如果你在馬丘比丘的身體狀況還可以接受，並不表示在庫斯科可以放鬆。我還是依然要提防出現的高山症狀，定時服藥，留意大動作，例如走路要緩慢，不舒服的話要躺下來休息。庫斯科海拔三千三百九十九公尺，一般人以為馬丘比丘比它高，其實不然。令人產生錯覺是因為從山上的高點下望，古城在山腳下。沿途的樓宇高兩三層，簡單的方形建築，以實用為主，沒有甚麼風格，只是門前也有理沒理躺着幾條狗，身沾滿了塵土。車子駛過，狗動也不動，依然故我。

　　我們入住的三星級酒店是在另一個山坡上。車子下了山，駛入庫斯科市中心，經過大廣場，轉入了小巷。巷子小，同一時間只容得下一輛車子通過，卻是雙線行駛，行人道只不過零點三米闊。我們的車子駛入小巷，這時迎面而來的車子也許要倒後，讓我們前進；說不定我們需要退後，讓對方前來。幸好大家都知道規矩，互相禮讓，沒有不禮貌，

也沒有長按響號叫對方讓路。結果我們的車子很快到達酒店門前。下了車，把行李搬進酒店的大堂，回頭一看，的士已經走得無影無蹤了。

選擇這間酒店，因為網上的評分很高。要知道這些酒店預訂房間網站的評分，通常是一個平均的計算，沒有可能給你全面的了解，即使訂了房間，還是忐忑。在這些網站訂房間，通常是希望從房租中比較，選取評分最高的數間，再看看有否負評。不過經常在悉尼電視臺黃金時段播放的一個酒店房間預訂網站，原來是巧妙地做了手腳，把某些和它有聯繫的酒店放在搜尋的首位，價錢也不是最便宜，結果遭人投訴，消費者委員會點名批評。事後雖然在電臺上增加了廣告攻勢，但消費者必須把它列入黑名單，以作懲罰，方為有效。

這間酒店的平均顧客的評分，在五分之中有四點六分，當然已經是屬於好的級別。唯一的缺點可能是距離山下的市中心廣場要步行十五分鐘左右。沿着雞卵石砌成的路走下去，必須走得很小心，以免滑倒。行人路也好不了多少，也是鋪滿狹窄而且是光滑的石，幸好車子駛得慢，不會把你迫到牆壁上。這一帶的山坡上的小巷兩旁，都是兩層高相連的泥黃瓦片屋頂的房子。除了私人住宅外，不少變成了酒店、餐廳、咖啡店和售賣親手製作服飾的店鋪。旅遊資料上說這一帶是波希米亞風格（Bohemian）的地區。如果是指那些過非傳統生活風格和對傳統不抱任何幻想的藝術家和生活方式，也許是對的。因為這些小小的店鋪，有非一般的鋪面裝

飾，甚至店名也沒有掛出來。咖啡店和餐廳，只寥落的坐了幾個顧客。

我們在酒店接待處碰到也是從 Ollantaytambo 過來的一對夫婦，認得出他們跟我們住過同一間酒店。閒談間才知道男的來自香港，早已移民美國，住在夏威夷，他們都不是第一次入住這間酒店。今次到來，先入住了兩天才到 Ollantaytambo 遊玩，聖谷一帶遊玩完了，又再回到庫斯科。看見他們多次選擇這間酒店，對它的印象應該不太壞，我們才覺得有些放心。回想起來，網上的負評通常說酒店房間的隔音效果不理想，聽到外面的聲音，也有人說房間內的暖爐開動的聲音太大。到我們走進為我們預備了房間，才知道是甚麼一回事。原來聲音來自洗手間的窗。它正好對着走廊，別人走過的腳步聲，服務員談話的聲音都傳進來。也是說，我們在房間內說的話，外面的人也許會聽得一清二楚了。我們房間裏的洗手間的問題，別人早已提出過，若果要擔心的話，就不要在房間內天花亂墜和胡謅一番，甚至減低聲浪好了。疲倦的一天盡頭，把行李搬入房間內，安頓下來之後，就想趁天色未全黑之際走回市中心拍幾張照片。

沿小巷走下山，不得不佩服大家都很有秩序沿着行人路。車子駛過，停一停才繼續前行。走下去和走上來也一樣人多，看得出他們都是遊客。大家在店門聚集，又在街上的特色地方拍照。走到廣場，燈亮起來，真的是一個休閒的好地方，大家坐在椅子上或階級上。庫斯科大教堂前的馬路都

封閉車子往來，成了行人專用區。至於自然歷史博物館前面，倒站着了一批手執盾牌的防暴警察。其實廣場附近已經有不少的警察巡邏。這些防暴警察是否要應付一些突發的事情嗎？四周那麼安靜，倒是想不通。

第一位印加國王於十一世紀時建立了庫斯科城。今天廣場四周都是古舊的建築物，除了教堂，其他都變成名店，讓大家找自己喜歡購買的東西。果然在廣場的一角找到了麥當勞，又看到肯德基炸雞店。不過我們倒不想吃這些一般快餐，於是走入廣場一角的一間小酒館。店在閣樓，門前寫着：歡迎來到地球上海拔一萬一千一百五十六呎高的 Paddy's 愛爾蘭小酒館。酒館裏果然高朋滿座，和悉尼的小酒館相若，很有親切感。叫了食物，坐下來看見一張舊海報，上面記載了二〇一〇年庫斯科一帶豪雨成災、山泥傾瀉，二十人死亡，二萬八千人痛失家園，甚至馬丘比丘也關上門。後來在網上翻查，獲悉這段天災少為人報導，為的是減少大眾恐慌云云。

是夜回去，經過酒店的天井，偶然抬頭一看，一輪明月高掛，想到遙遠的悉尼和烽煙的香港，竟然惹起陣陣愁緒，不知心該歸何處。

二〇一九年十一月二十九日

古城的一面

　　朋友參加旅行團遊秘魯，在市內遊了一天，然後到了庫斯科城的最高點遙遠的拍了一個全貌，就離開了。庫斯科城是印加帝國統治者帕查庫蒂（Pachacutec）於十三世紀建立的古都。十六世紀時西班牙人佔領這片土地，保留了舊城，又在城裏加建了一些巴洛克式的教堂和建築物。聯合國於一九八三年把庫斯科城列為世界遺產。古城每年接待二百萬名遊客，當然有它的魅力。庫斯科的英文名稱，一般叫 Cusco，也有叫做 Cuzco。庫斯科機場的簡稱為 CUZ，可能更接近原來西班牙文的發音。牛津字典和韋氏大辭典認為 Cuzco 是正式名稱，聯合國世界遺產網站也是如此稱呼。網上的維基百科，因為是英文搜索的結果，還是用 Cusco。

　　經過差不多昨日一整天的勞累，早上起來看看天氣預報，才知道古城將於下午下雨，如果要趁好天氣出外，差不多要早一點起行了。八時許離開酒店，天上還是陰霾籠罩，幸好地上沒有甚麼地方積水，走下山坡不算有甚麼問題。原來計劃要到明天開往普諾（Puno）的火車站看看。根據地圖指示，沿小巷從山坡走下來，接上大街，往東一直向前走便

可以到達，步行時間不過十多分鐘，非常合理。谷歌的地圖是駕駛者和步行者的良伴，只不過步行時間往往預計過短。十分多分鐘的路程可能最後變成二十分鐘。有時想，是不是它的步行的時間是計算一般腿長的人，至於我們這些身型較小的人，往往步伐較慢。另外又想到如何搬運行李的問題。我們只有一個小行李喼，重量少於七公斤，再加上一個小型旅行袋，理論上走動得非常輕鬆，毫不費力。倒擔心的是小巷大街的鵝卵石路面崎嶇不平，難於在雨後走得穩妥，召的士不是更好嗎？想到這裏，走到庫斯科火車東站探路的興趣忽然消失了，還是趁好天氣多看一些古城的風貌。

早上沿途的大部份店鋪還未開門營業。慢慢走果然是輕鬆得很，把這條小巷兩旁的房子都看得分外清楚。兩層高的房子，外牆都是米黃色，大門和二樓的露臺都是藍色，屋頂是泥黃的瓦片，非常強烈的色彩對比。經過一間招牌上寫着 Bed & Bakery 的店，門前已經放了一個玻璃櫃，櫃內放置了蛋糕和餅，早餐可能就是這些烘焙的糕點呢。Bed 就是提供房間供住宿。這樣也是 B&B，更是秘魯特色的 B&B，非常有意思。

不知道今天是平日或週末，車子仍然很少，但不少人沿着狹窄的行人路走下來，可能是真的要上班去。記憶中，不少的店子入夜後還開門結業，怪不得九時許街道上也是冷清清，中央廣場一帶也是三三兩兩的人，跟昨天晚上離開 Paddy's 愛爾蘭小酒館的人流有天壤之別。不過倒是讓我可以細心看看櫥窗。麥當勞快餐店的廣告寫着：煙肉蛋漢堡

包加一杯黑咖啡，盛惠四點九秘魯索爾。這等於二點二澳元。另一間在圓拱形走廊的店櫥窗出售一個典型的秘魯工藝品：Retablo。Retablo 是一個木造色彩鮮豔的祭壇。這個盒子有大有小，通常擺放時都會把兩邊的門打開，讓你看到裏面。一般有兩層，上面是天堂，有聖人和神聖動物。下層是人間，通常是一家大小。他們手持樂器快樂地彈唱。可是我面前這一個祭壇裏面卻全是古靈精怪的妖魔，青面獠牙，雙眼突出，更有不少骷髏頭首的人物混在其中。最低層的一角像是牠們的寵物，也是面目猙獰。看到如此的模樣，真的把現今的世界刻劃得恰如其分：每天出現的大小官員，自甘墮落，顛倒是非黑白，厚顏無恥與魔鬼無異。大家面對的正是這些妖魔。人間如同地獄，生活得如此悲傷。

記得旅遊書上提到庫斯科有一個平民的市場，不知道在哪裏。經過中央廣場，就看到不少人從另一端走過來，手上像提着一袋又一袋，經驗告訴我們他們都找到了要買的東西，於是就朝他們來的方向走。沒多久，就看到一些露天的臨時攤位，出售一些工藝品，像是一個學校結業的展覽，原來旁邊就是市場。市場旁邊就是庫斯科的火車西站，你可以乘坐火車回到利馬。

這個市場類似悉尼在 Homebush 的星期六市集，或者在市中心近唐人街的 Paddy's Market。乾貨濕貨包羅萬有，你可以找到最便宜地道的食材和熟食。一踏進門，便看到隨處擺在攤檔前的鮮肉、蔬菜、水果和乾果。再走前一些，看到

超大型的麵包和糕餅。另外一端，看到不同形狀的馬鈴薯和玉米，眼界大開。市場的中央是十多個熟食攤位，不少出售秘魯平民的美食。第一個攤位的菜單正是一碗雞湯麵的照片，竟然還有日文。攤位前的座位只是一條木板櫈，前排在進食，後排在等候，也有不少人手執着碗在後座大快朵頤，可見這碗麵一定美味非常。廚師見我們趨前，以為我們是日本人，嘰哩咕嚕用日文說了歡迎。看過許多 YouTuber 的錄像，都說不可不試雞湯麵。可惜我們要趕路不試，事後反而有點後悔。

市場外面，原來還有路邊的流動小販市場。很多人手中拿着幾個水果在兜售，如果有政府人員在驅趕，他們就立刻逃到街的另一端，稍後又回來。他們都站在行人路上，貨品攤放在地上，難怪那麼擠迫：小販和顧客混雜在一起，一如我小時候的西灣河街市和附近的街道。只不過四十多年後，在地球的另一角落又在重演這齣舞臺劇，角色轉換了，生活的艱辛恐怕是一如往昔。

不知道旅遊書上庫斯科的其他景點何在。在下雨前我們趕返酒店躲躲避，傍晚雨便停了。結果我們手上的簡單地圖上面的大街小巷，都沒有完全走遍。秘魯作家略薩（Mario Vargas Llosa）曾經說過拉丁美洲盛產獨裁者、革命家和大自然的災難。但難得到過熱鬧的庫斯科市場，這古城果然還有生活平凡得不平凡的一面。

二〇一九年十二月二日

的的喀喀號列車

　　前往普諾（Puno）的交通工具，有巴士和火車。網上提議旅客乘晚上十時從庫斯科開出的不停站的私營巴士，全程八小時，翌日早上六時便抵達普諾，為的是趕及遊覽的的喀喀湖。不過這樣做，可能跟生命開玩笑。首先要問究竟乘坐長途巴士的滋味如何，舒適程度一定比不上飛機經濟艙，上車廂的洗手間更是麻煩之極。如果在中途稍為停歇一下，更會打擾大家的清夢。尤其恐怖的是提到有機會在途中遇到行劫及交通意外，基本上個人生命毫無保障。網站更建議你先行在谷歌搜索最近發生的事故再作決定，問你死味？至於日間到普諾，又要在當地多住一晚，對於精打細算的背包客，是一個對荷包的挑戰。結果我們選擇了 PeruRail 南下普諾的火車，叫做的的喀喀號列車。

　　為甚麼列車命名「的的喀喀」（Titicaca）？大家到訪普諾市，目的地只有一個：的的喀喀湖。的的喀喀湖是南美洲最大的淡水湖泊，海拔三千八百一十二公尺，也是世界上海拔最高可通航的高山湖泊。湖的西面是秘魯的普諾市，東面是另一個南美國家玻利維亞（Bolivia）。因此許多旅客從普諾

出發，遊罷的的喀喀湖，傍晚就到達玻利維亞，繼續南美的壯遊。不過我們的行程太短，沒有計劃前往玻利維亞。朋友說從那端看湖，一樣深藍得醉人。從岸這端看不見對岸，可見湖面實在廣闊，有如浩瀚的海洋。

PeruRail 經營的其中兩條最受歡迎的鐵路，一條往馬丘比丘，另一條往普諾。往普諾的列車，有兩個不同的選擇：的的喀喀號列車和安第斯山探險家（Belmond Andean Explorer）號列車。後者有座椅和臥鋪，行程中包括最少一晚車廂內住宿，費用為每人四百六十二美元。Belmond 是有四十多年歷史的著名貴族旅遊集團，價錢非一般，享受當然也非一般。至於的的喀喀號的即日列車，只有座位，每星期三、五和日由庫斯科開出，星期一、四和六由普諾開出。由庫斯科開出的列車，最受歡迎，要提早預訂，車票稍貴，每人需付二百六十五美元，等於接近九百秘魯索爾。至於普諾開出的，也要二百二十五美元，即是七百六十索爾。這個票價，是秘魯普通人兩至三個月的工資，怎能不叫貴？

開往普諾的列車，在庫斯科市東的 Wanchaq 車站，於七時五十分開出。我們乘的士於七時多抵達，只是五分鐘左右，比走路快和安全得多。訂票通知書上叫你這個時間到來，為的是處理你的行李，貼上標籤，儲存於行李車卡，不必放置於乘客車廂上，影響通道和走動：也等待分配座位。每一個車廂內有一個服務員，專門負責供應飲品和食物。票價包括了三道菜西式午餐和下午茶，清水和小食免費。至於

座位布置，一邊是面對面的單座位，另一邊是面對面的雙座位。進入車廂，才知道我們分配在一個雙座位，而且是反方向。正在苦惱的當兒，列車開出，才發現我們對面的座位並沒有乘客，向服務員查詢印證，結果反而讓我們兩個人全程舒舒服服的享受一個本來供四人的座位，實在感到意外。

我們的旁邊，正好坐着一個看樣子是年紀比我要大的男人，從列車開出以後一個人一直坐在椅子上，對面的座位沒有人。間或看見他拿出兩部輕便的小型相機拍攝窗外，然後再反覆看拍了甚麼照片。我們的車廂位於整部列車的末端第二，最後是開放式的觀景車廂。觀景車廂前端有酒水部，後端是玻璃窗車頂，讓你看到天空。最末端是開放式，沒有窗戶，只有欄桿。靠在欄桿，望着不斷後退的風景，離開那個住了兩天的古城。

離開庫斯科的途中，就看到古城不只是古舊，是破落。鐵路軌和道路分開，但沒有甚麼阻隔。列車駛過十字路口，等待久了的車子便匆匆駛過鐵路軌趕路。也有人輕鬆走過路軌，或者沿着路軌步行。這班列車經過以後，也許明天才有列車反方向駛過來。兩旁的數層高樓房有用泥磚蓋落而成，也有白色的外牆，不少還在興建中。但遠遠一看，紅磚色才是主要的顏色，甚至泥土也是這樣子，果然是一個充滿泥土的城市。

的的喀喀號車行十二小時多。午餐前在露天觀景車廂早已坐滿人，等候看駝羊毛時裝和民族舞表演。這個一小時多

的節目，看到固然好，不看也沒有多大損失。列車經過的安第斯山脈，才是真正美麗的風景所在。其後途中經過最高點 La Raya，海拔四千三百三十五公尺。La Raya 是 La Raya 山脈和安第斯山脈的交匯點，有一座小教堂，列車和長途巴士都定必在這個地點停歇。這裏不是市集，但山地居民特地在此處等候乘客到來，售賣服飾和工藝品。匆匆十分鐘，在最高點的告示牌前打了卡，便要返回列車了。

除了看山、山頂剩下的小片的雪、白雲、草原、荒草、瘦馬、牛和駝羊，你竟然會看到不少的垃圾，尤其是膠袋。在四千公尺的大自然中，看到沿途隨便丟棄田野的垃圾，就知道人類正在逐漸毀滅自己的家園，真的無言以對。列車最後穿越大城市 Juliaca，響起號角緩緩駛進長長的市集，你會看見兩旁在攤檔上出售的東西包羅萬有，鮮肉和書放置在路軌中央。列車駛過，小朋友揮手，小販便重新張開布篷，大家回到路軌上繼續他們的生計。列車上的警衛不斷提醒拍照的乘客，提防隨時有人跳上來迅間搶走手中的物品。

在暮色中列車終於駛入普諾。踏出火車站時，昏黃的街燈下，大地已經漆黑一片。的士載我們往酒店，但看不清楚普諾的市容。從白天走入黑夜，這十二小時給你最深刻的回憶，既有大自然的壯麗景色，人世的煙火，也有天地間的蒼涼。

二〇一九年十二月九日

遊的的喀喀湖

　　第一晚到普諾（Puno）投宿，擔心的不是房間的環境如何，而是究竟能否安排到翌日參加的喀喀湖的旅行團。我們只是逗留普諾兩天，天氣好的日子，當然可以隨意漫遊。天氣不佳，行程必須更改。的的喀喀號列車之旅，碰上絕好的天氣，實在是運氣。遊湖若碰上風浪，不免大煞風景。天氣預報明天天氣不俗，先遊覽湖，未嘗不可。

　　網上有些資料提醒旅客要找信譽良好的旅遊公司。我們在網上找到了一間，看似可信。到酒店櫃臺查詢，請當值的接待小姐代為聯絡。她笑着說，這公司那麼便宜，有點可疑啊。經她一說，心一慌亂，下不定主意。她接着推薦酒店聯繫的旅遊公司，同樣也是遊湖團，只是貴了些，如何？心想有酒店作後盾，即使貨不對辦，也可以投訴吧。於是請她馬上安排。訂了遊湖團，明天由早到晚都已安排好，不需要再顧慮其他。餘下的一天在普諾如何打發時間？極容易，隨便在市中心無聊的逛逛也可以了。

　　普諾的景點，其實是的的喀喀湖。這個城市海拔三千八百三十公尺，比庫斯科要高。十月普諾的氣溫平均

十七度，所以晚上也覺得稍涼。日間在陽光下，普諾比地平線上秘魯的其他地方高，令人份外覺得灼熱和耀眼，紫外線的曝曬也份外猛烈。澳洲人患皮膚癌的比率為全球之冠，切膚之痛下，日間外出的準備可能比美秘魯人。不過許多澳洲人視輻射如無物，視死如歸是他們身上最好的形容詞。

　　早上接待我們的小巴走遍大小酒店接載遊客，我們的酒店差不多是最後的登車點。大家擠在車上，五分鐘不到，就來到碼頭前的店鋪。大家等待另外一輛小巴到來匯合，三十多人就變成了一團，隨着導遊來到登船的地點，迎着晨光令人睜不開眼睛。普諾建於一六六八年，後來為了紀念西班牙國王卡洛斯二世改名為聖卡洛斯普諾（San Carlos de Puno）。市中心位於的的喀喀湖邊，平地很少，所以許多的樓房都延伸到山坡上。旅遊指南說走七百級左右就會到一個叫 Kuntur Wasi 的高點，可以看到全城，可見普諾市背後的山，一點也不算高，也沒有甚麼氣勢。但世道混濁，晨光照射之中，回望普諾市和它的倒影在寧靜湖面上，竟然有意外的美麗。

　　湖邊停泊的船差不多全是觀光船，小小的，坐得滿滿也是三至四十人。如果不嫌陽光燦爛，艙頂也可以登上去迎風看湖。我怕暈船浪，走進船艙就安份的坐着。一個藝人在艙內的前端演奏熟悉的音樂，等船快要開出時便離開了。經過時我們座位時，我們給他一點打賞。他手中的樂器，除了結他外，還有是用竹製造的吹管。兩者配合，奏出美妙的音樂。

　　觀光船的外觀都差不多，相信內裏也不會有大不同，所以我相信由酒店安排或自己參加的，應該都很類似，終於明白額外的費用純屬信心指數而已。當然你可以選擇公營渡輪，便宜得多，但你必須懂得按時上船下船，否則在湖中的島上錯過了一個班次，便要等候數小時。至於遊湖的私人旅行團，除了有導遊介紹沿途風景，還包括了一個在 Taquile 島上的午餐，不用你自己找餐廳，算起來還是可以的。

　　的的喀喀湖的特色景點，就是在岸邊不遠的用蘆葦草造成的六十多個人工浮島。以前這些人工浮島近湖中央，距離岸邊十四公里，不過一九八六年的一場大風暴，破壞了大部份的浮島，所以烏羅（Uru）族人把浮島在近岸處重建。每個浮島的一般面積為十五乘十五公尺，最大的也不過半個足球場大小。今天每個浮島已經變成遊客的觀光點。觀光船帶遊客登上到與他們事先聯繫的浮島，讓你瞭解族人的生活，購買他們的工藝品。他們會示範如何用蘆葦草和濕泥混合，等乾透後製造浮島的地面，又會帶遊客進入他的的簡陋房子。更游說你額外付費登上他們的傳統形狀的水上的士，由族人用大木槳把的士緩緩的從他們的浮島送旅客到湖中的一個大浮島。這個大浮島有廁所和餐廳，大家可以多待一會，與不乘坐水上的士的團友會合。

　　旅行團把你送到浮島，其實讓你購買工藝品。據說烏羅族人根本不住在浮島上，而聚居在普諾市的西部的一個小區。旅遊業帶給他們可觀的收入，為生計每天他們回到島上

做生意。至於工藝品是否由真正族人製作，也不是一個大問題。大家花了許多金錢到來，反而並不介意多付一點，帶一個美好的回憶回家。但我們的記憶都在照片和錄影中。

我們進午餐的大島 Taquile，距離普諾市四十五公里，由浮島離開前往，要兩小時多。西班牙人在殖民地時期在島上建造了監獄。今天島上住了二千多的族人。觀光船靠岸，讓我們登上島上村中的接近海拔四千公尺高的廣場，這段上斜坡走得很吃力。島上有不少印加帝國的古蹟，也隨處可見印加式的門。我們的午餐是煎魚柳配飯，魚可能來自湖中，有魚的鮮味。用餐的地方是露天的，有少許布幕遮擋陽光，但身上仍感到少許的熱。飯後走下坡，沿山徑走到另一個碼頭，船就在那裏接我們返回普諾。沿途遙看山坡下深藍的湖水，和對岸玻利維亞那邊山巒上的白雪。這一天陽光普照下，果然有自然的美麗。

回程直航普諾，兩個多小時。湖面平靜，沒有半點興浪作浪的時候。的的喀喀湖大如海，近岸湖水混濁，遠觀湖水深藍得無話可說。正好說明世上的事永遠有好和不好的兩面。好運時讓人抓住如此一個美麗的瞬間，等如抓住了秘魯最令人感動的風景。

二〇一九年十二月十五日

遊的的喀喀湖

普諾市

　　遊罷的的喀喀湖，返回酒店，在窗邊外望，暮色將至，白日快要走到盡頭。我們的房間在五樓，看到別的樓房的頂層或者是小房子的鐵皮屋頂。許多南美旅行團到訪過的的喀喀湖，就會直接安排團友離開，往湖東面的玻利維亞。有些八天的秘魯旅行團，甚至不來的的喀喀湖，當然行程也沒有把普諾（Puno）城安排其中。雖然普諾有着不短的歷史，但作為古城它的吸引力不及庫斯科，因為沒有大片的古蹟可看。加上它的氣候較為極端，平均溫度攝氏十度左右；地勢也較高，害怕出現高山症的人不敢來。今次逗留多一天在普諾，因為網上的許多旅客的分享都說，在秘魯從一個城市往另一個城市的交通工具經常誤點。不過經過數天的旅程，火車飛機的班次尚算準時，反而不覺得有甚麼不方便。

　　不方便的是在酒店。我們入住過的酒店，房間內都沒有電燒水壺，只有在利馬住了一晚的酒店意外地有。在Ollantaytambo 的酒店，幸好店主人每天給你一瓶樽裝水。即使庫斯科的酒店的服務令我們很滿意，也是如此做法。到了普諾，是三星級的酒店，叫 Sol Plaza，網上的評分是五分之

中得到四點三，應該說是很不錯了，房間內沒有電燒水壺，甚至一瓶樽裝清水也沒有。怎麼辦？酒店大堂有一個小小的茶水間，有冷熱水，黑咖啡和茶包供應。熟悉的古柯茶包和其他不同的茶葉當然在其中。我用小杯盛滿熱水由地下乘升降機到五樓，就這般來回走了三四趟。酒店的樽裝水，放在冷箱內，比外面的超市貴得多，不過要走好一段路才買得便宜，這個價錢的分野當然是買個方便。至於在街上進食，清水也不會免費。但水來自自來水水管，未經煮沸，你不會冒險吧。所以這幾天雖然是過着旅客的生活，才知道水是秘魯重要的資源。在街上大家只喝膠瓶飲品，包括蒸餾水、汽水、果汁或者所謂健康飲品。可口可樂是大牌子，是這裏最容易購得的瓶裝飲品，其他得靠邊站。我們第一晚上的自攜樽裝水，是隨我們的行李從庫斯科乘搭的的喀喀號火車而來的。

樽裝水的塑膠瓶當然帶來環境的問題。但眼見高原上的垃圾之多，塑膠樽混合其中多的是，沒有適當回收和循環再用，是否已經產生生態的問題？聽說以前澳洲把回收的廢料送到中國大陸處理，不過中國大陸也停止接收這些垃圾，叫澳洲自行處理。究竟廢料往何處去？當塑膠產品已經是我們生活中不可或缺的東西，要好好處理實在令人頭痛。澳洲這一片大陸，是否就放置我們隨意丟棄的垃圾，不曉得，但不少人以為大自然就是我們的廢物場。當政者每天只吹噓偉大的政績，無視將來生態的崩壞，實在很可悲。當瑞典少女 Greta Thunberg 抨擊世界領袖對環境廢話連篇，悲憤指責

他們 How dare you? 的時候，不少成年人例如電視節目主持人不以為然，還嘲笑她起來。不去認真想想這些年輕一輩提出的問題，才是我們這世代這一輩成年人最大的錯誤。澳洲的土著長老曾經說過，我們的現在，是向下一代借回來的，要把它好好保護，交回下一代。是否很有道理？想起在澳航的機艙內每位乘客給派了一瓶樽裝水，喝完了，再要求清水時，機艙服務員把我們的空瓶子取去，把它注滿清水交還我們。可能你奇怪付了那麼昂貴的錢，竟然省下區區的樽裝水。這樣做，起碼減少使用更多的膠瓶子。如果你珍惜這個瓶子，請繼續使用它，直到你決定丟棄，把它放進膠樽回收桶為止。

我們的酒店靠近市中心。一如其他小鎮，市中心是個廣場。酒店走過去，也是一箭之遙，那端燈火輝煌，從黃昏到深夜才是他們的生活所在。剛到的晚上，街上有遊行，音樂聲和喧鬧之聲不絕，從市中心傳過來，好奇想跑到街上看過究竟。早上在酒店吃過早餐，便來到看看酒店附近的 Plaza de Armas，附近的店鋪好像還未蘇醒。只有走過的趕着上學的學生和上班的人。他們乘坐一些載客十多人的巴士，很像香港的小巴，但除了司機，還有一個服務員，幫助乘客上落。Plaza de Armas 是個四方形的廣場，正在維修，走不進去。普諾大教堂座正好對着，也太早了，冷清清。沿着大教堂的四周走了一圈，只見一個教士從側門走進去，但重門深鎖，不得入內。只在門前拍攝數張照片，算是作個回憶。

離開 Plaza de Armas，沿街步行五分鐘，就來到 Parque Pino。這是個小公園廣場，中央有一個紀念碑，上面是 Dr Manuel Pino 持着長槍的銅像。Manuel Pino 生於一八二七年，當過律師。一八七九年玻利維亞和秘魯兩國聯盟與智利因爭奪現今玻利維亞 Atacama 沙漠的土地開戰，一八八一年一月十五日，Manuel Pino 在利馬的 Miraflores 戰役中陣亡。這個銅像就是紀念他和戰爭中陣亡的戰士。再往湖邊碼頭的方向走，就會到達的的喀喀號列車駛過的路軌。想到這部列車來時，一定是響起警號，緩慢地在鬧市中稍停的車輛間駛過。

在馬路的一旁看到不少人駐足觀賞貼滿牆上一張又一張的招貼。雖然不懂西班牙文，但招貼上有數字像電話號碼。大家都看得入神，有人在紙上記下一些資料，猛然發現可能是一個廣告板，可能是關於房子出租、轉讓和徵求東西等等。也有招貼上寫着 urgente。西班牙文 urgente 看來就是英文 urgent 的意思。簡單的一塊廣告牌，上面可能有許多普通和不普通的故事。

普諾也許沒有甚麼特別之處。不過旅遊就像翻閱一部大書，不一定每一章都高潮起伏，也不需要每一段落都可歌可泣。人生不能蹉跎，這一刻你正在讀的是沉悶一頁。再翻下去，也許是一頁波瀾壯闊的風景。

二〇一九年十二月二十二日

從普諾返利馬

從普諾市返回首都利馬，可以選擇航機和巴士。最便宜的是乘坐私人巴士，僅付二十七到五十秘魯索爾，先西行沿海岸北上，全程二十一小時左右，首當其衝受害的必定是閣下的屁股。最方便要算乘坐直航內陸飛機。飛機票從一百三十六到七百索爾不等，只需要個多小時，我們既要節省時間，就不能同時節省開支。預計到了利馬，入住酒店後還有小半天可以遊玩。

普諾沒有機場，最近的機場是乘的的喀喀號火車經過位於北面的胡利亞卡（Juliaca）市，也可以到普諾以西的另一大城市阿雷基帕（Arequipa）。阿雷基帕人口八十萬，是僅次於利馬的大城市。由普諾到阿雷基帕轉飛機，要先坐巴士和的士，總計六小時，確是另一考驗。這個列為世界遺產的南部大城市的建築物和大自然景觀應該不會令人任何人失望，可以逗留三兩天，不應該只是轉乘飛機。你是否和我一樣，總覺得每一次旅行的行程不夠圓滿，還有許多東西應看未看。所以告訴自己沒有辦法在這次秘魯行中安排遊阿雷基帕了。如果這個地球還沒有在氣候轉變中毀滅，還可以假以時

日再來。

　　胡利亞卡距離普諾四十二公里，等於是普諾的市郊，由它返回利馬是最方便的選擇。早上由酒店安排了的士準時停在酒店門前，卻發現司機和接載我們第一個晚上從火車站到酒店巧合是同一人，可能酒店方面覺得還是最好由他主要負責把客人送往機場。這個黝黑皮膚的漢子面帶笑容，卻不說話，也可能他只懂得說幾句英語。這樣也好，在這四十五分鐘的路程中，我們可以隨意看看沿途的風景。

　　司機駛上高地，可以看到普諾的全貌，大部份以四五層高的樓房為主。普諾是個充滿顏色，而且是色彩鮮豔的城市。記得昨天陽光燦爛，照得一切非常豔麗，即使在路邊售賣包點的小販和他的車子也是那麼好看：黃色的上蓋，紅色的椅子，小販坐在藍色的椅子上，戴上帽，上衣是紫色的。再沿着街看看小店鋪，竟然意外地看到一間理髮店，簡樸的店子，只有三兩張剪髮椅大家在旁排排坐，等待剪髮，非常地道，令人有個衝動想走進去。剪個普諾的普通男子髮式，又如何？酒店附近有幾家食肆，門前掛着雞湯麵的名稱，每碗數索爾，便宜得非常吸引。我卻跑到昨天經過的麵包店，指指點點我想要的麵包。店主可能認得我這個莫名奇妙的異鄉人，跑回來購買差不多同一款式的麵包。這樣的不起眼小店，裏面還擺放幾張桌子，預備客人在裏面進食。在市中心附近的許多餐廳，當然比它有規模得多。門前的餐牌寫着我認識的一碗雞湯麵，要十七索爾，麵包也貴得多。味道是

否有天壤之別，很難說。我相信好吃與否，全在於環境和心情。一個城市是否值得讓你留戀，也並非在於甚麼勝景。只是抱怨留在普諾太短，未能走遍大街小巷。

胡利亞卡位於高原之上，海拔三千八百二十五公尺，是當地的貿易和經濟中心，那天火車經過看到的路軌兩旁市集只是居民日常生活的一部份。原來這個新興的城市有提供了當地百分之二十六的勞動人口，更重要的是由於投資者到來，開設了許多新公司，聘請許多居民工作，貧窮的情況逐漸得到改善。離開普諾不久，車子便駛上寬闊的高速公路，中途遇上公路收費亭，看來胡利亞卡的地位重要起來是不爭的事實。這個叫做 Inca Manco Capac 的機場非常接近城市，對住宿在當地的旅客也非常方便，可以到普諾和的的喀喀湖，貨運往來另一國玻利維亞也容易。但機場只有一條小跑道，航線也只有智利航空 LATAM 提供每天數班往返庫斯科和利馬的飛機，要令胡利亞卡繁榮起來，看來還有許多其他的因素。不過既然政府刻意支持，政治上已經有了優勢。

機場登機手續非常快捷，安檢行李就在機場的入口附近，即是叫你不必浪費時間在其他方面了。進入了禁區範圍，看見只有兩個候機區，旁邊就是商鋪，包括咖啡店、小食店和售賣工藝品和羊駝毛製品的服裝店，給你 last minute shopping 一個機會。那麼少店鋪，別以為沒有甚麼可觀。不一會，一個女士帶着一袋戰利品回來坐在我們對面，喜孜孜的向旁邊的朋友展示袋裏面的東西，看來有一定的收穫。

胡利亞卡機場內裏跟其他新機場沒有甚麼分別。它的空間細小，卻有貴賓室。登機要走出跑道，踏上樓梯一步一步進入機艙。LATAM航空用的是波音公司的舊飛機，跟之前從利馬飛到庫斯科是同一型號，我們經濟艙沒有椅背的小電視屏幕，細心一看，原來所有座位背後都沒有，即是說閉上眼休息好了。飛行時間為一小時三十三分鐘。飛機飛過安第斯山脈，天空蔚藍，清楚的看到下面光禿禿貧瘠的土地，樹木少得很，黃土的公路接連着小市鎮，房子的屋頂反射着陽光。這一帶秘魯的山區，相比聖谷，沒有甚麼耕地，自然是泥黃一片。利馬就在安第斯山脈以西的海岸，山脈以東是亞瑪遜森林。亞瑪遜大原始森林大火熄滅了嗎？據說森林的樹木因為焚燒和不斷遭受斬伐會逐漸消失，變成一個草原。

飛機降落利馬，我們在秘魯的山區轉了一個圈，又回到原來的第一站。哥倫布發現美洲之前，印加帝國曾經雄霸南美。十五至十六世紀之間，印加帝國的領土遍及南美的西岸，包括了現今的秘魯、西南厄瓜多爾、玻利維亞中西部、智利的大部份和阿根廷的西北部。這個起源於秘魯的龐大帝國終於一五七二年被西班牙人征服，從此消亡。我們踏過的古蹟也許是那時候繁華煙花之地。世事並無絕對，也別相信奇蹟。有起點，經過高峰，自然就有終站。

二〇二〇年一月一日

在利馬進午餐

　　回到利馬，因為剛在數天前住過一晚，好像一切都不再陌生起來。我們這次住的是另一間在 Miraflores 酒店。Miraflores 距離機場的東西部十多公里，是一個網上大家建議旅遊人士應該入住的地方，因為當地的居民大多是中產階級或富裕的階層，治安上相對比較安全。收拾行李之時，有朋友建議不要帶貴重物品，戒指頸鍊手錶等不能外露，甚至最好除下來，以免招惹匪徒。如果你覺得有東西給人搶去了也不打緊的，那不妨試試。所以臨行前買了一隻十澳元的電子錶，代替原來戴着的機械行針手錶。拍照方面，也只是帶了一個小型的無反相機，需要時才從背包拿出來。這種旅行前惶恐的心情，已經很久沒有出現過了。總之，在朋友的眼中，在南美的許多地方旅行，從來都不會安全。兼且她生活了六個月的時間，沒有理由不相信她的溫馨提示。去年二月一個香港十九人的旅行團入住秘魯近亞瑪遜森林的富貴大酒店，碰巧遇上十七名來自哥倫比亞和委內瑞拉的土匪正開始洗劫。你以為旅行團有專業導遊，每事安排穩妥，卻有如此不幸遭遇。是否巧合，或是早已恭候多時，不得而知。當地

導遊發現土匪，跑回去叫旅行團團友逃命。土匪遷怒於他，把他擊斃，然後逃去。善良的百姓竟有如斯悲慘遭遇，上天有眼，行兇者必遭天譴。

今次住的是 IBIS 酒店集團位於 Miraflores 另一端的新酒店，地下是餐廳，二十四小時營業，早餐索價二十四秘魯索爾。心想這個價錢還有點貴，附近有美食廣場，應該有更多的選擇，只是可能沒有那麼早開門。酒店正好對着高速公路，我們的房間位於高層，下面往來車輛聲音嘈吵。但雙層玻璃發揮了作用，除了推窗外望，房間內還是相當的寧靜，空調足夠，無線上網也快速，基本上沒有甚麼可投訴。這間新型的酒店房間雅潔，唯獨跟其他我們住過的三星級酒店一樣，沒有熱水瓶。利馬位於海邊，但水是秘魯重要的資源。沒有人建議你勇敢的喝下自來水，因為可能水中可能有細菌和其他的雜質。如果你不從超市購買瓶裝水，就要向酒店大堂的咖啡店取熱水。他們也相當歡迎。結果我們先從超市買了一支二公升半的瓶裝水，便宜得只需三秘魯索爾。如果逗留多數天，可能考慮購買六公升的瓶裝水。不過六公升的瓶裝水，是超負荷，帶它回酒店當然絕不輕鬆。

酒店旁邊是個小得不可再小的兩層購物中心，上層是健身中心。地下店舖有兩間食肆，其中一間是叫 Madam Tuscan 的中式餐廳，不是我們印象中的舊式的唐人街的模式，餸菜都是 fusion，可能揉合了秘魯本土的風格。侍應遞上來的菜譜圖文並茂，再不是甜酸排骨、錦鹵雲吞和蛋花湯那個遙遠

的年代了。我們坐下來，就看見旁邊的桌子就坐滿了幾個操普通話的闊太用餐，相信都是不用上班的一族。一個侍應圍着她們團團轉，專門服侍她們。接待我們的侍應叫 Karlos，身上帶着一個口袋，相信是用作收集客人給的小帳。我們叫了一個日式燒雞肉套餐和雞炒飯。套餐包括一個蛋花湯和飲品。我點了一個叫 Inca Kola 的飲品，是由當地的可口可樂公司生產的。Inca Kola 的顏色和我們傳統的可口可樂一點關係也沒有。這個透明黃色的帶氣的甜飲品，原來跟我們在香港一貫叫的「忌廉梳打」（Cream Soda）很類似。

　　Inca Kola 的確是秘魯的特產，姑且直接譯為印加可樂。一九三五年英國人 Joseph Robinson Lindley 來到秘魯，創造了這個帶氣而甜的梳打汽水。它的原材料是檸檬 verbena 草，味道像極了吹波糖和忌廉梳打。我喝了一口，分不出究竟忌廉梳打和印加可樂有甚麼分別。可口可樂擁有印加可樂全世界的版權，唯獨是在秘魯要和 Lindley 後人成立的公司各佔一半。即使一半，也夠可口可樂公司賺取高利潤。在這個食水短缺的國度，可口可樂有如一枝獨秀。不過這個印加可樂的商標，從來沒有在其他地方推廣得成功。在秘魯首都利馬，也不見得人人手中的流行飲品就是印加可樂，當然也想不到它和印加帝國有何關係。印加可樂曾經於上世紀四十年代盛極一時，被喻為民族的象徵。可惜除了把它灌上印加的標籤，基本上和印加沒有任何關係，而今大勢已去，大家手執的飲品，仍然是可口可樂。

吃過這一頓半午飯半下午茶餐，算一算，日式燒雞肉套餐盛惠二十八索爾，雞炒飯十九索爾，清水八索爾，小費是額外的百分之十。付帳時問 Karlos 餐廳的名稱是甚麼意思，他說 Madam Tusan 是個來自中國的女人，創立這間餐廳。上網查證，Tusan 的音來自「土生」，不是甚麼姓名，也就是中國本土的意思。至於在利馬街上見到的中式餐廳，都帶上 chifa 的名稱。Chifa 不就是 fusion 嗎，就是中式煮法加上秘魯的原材料。Madam Tusan 是表表者，因為你付出多一點金錢，坐得多一點舒適，嚐到中秘兩個的精彩結合，當然吃得開心。我們只覺得味道濃了一些，是否秘魯的食物都普遍如此，待考。結果我們後來逛街不久，便要買一瓶果汁解渴。值得一提的是，Madam Tusan 的大老闆，叫 Gaston Acurio Jaramillo，秘魯人，是國際知名的廚師和美食家。Madam Tusan 是連鎖食肆，利馬有店，遠至智利的聖地牙哥也有分店。創立了一個成功的美食店，如是這般模樣在另一地方搬過去，可知這個美食家頭腦並不簡單。

　　利馬的大部份店鋪跟悉尼相比，關門得晚，例如銀行六時才停止營業。那時候大街小巷都是下班趕返家的人。Miraflores 的消費一點也不便宜，一個美食廣場的晚餐要二十多索爾，比山區上的小鎮要貴得多。利馬畢竟是大城市。大城市加上在 Miraflores 區，我們早有心理準備要多付錢。一個稱心滿意的旅行，是有許多的考慮。說到底，還是安全感最緊要。

二〇二〇年一月二十七日

徒步旅行團

　　利馬 Miraflores 區中心 San Martin 街和 Jose Larco 街的交界處，有一間官方的旅客資料中心。一般住宿、旅遊和景點的介紹應該十分齊全，有詢問處，也有單張歡迎你索取。難得的是官方的，沒有找不到任何資料的理由。令人另眼相看的是，查詢一下後，才知道它提供了一個免費的城市步行團，參加者只需付交通費。報了名，九時四十五分大家紛紛到來，看來基本免費的確吸引。這個步行團有兩個導遊，一個說英語，一個說西班牙語，總人數約有四、五十人左右。由於大部份都是來自說英語地區的旅客，所以這個叫 Clara 的年輕女導遊，大家都跟著她，一步也不放鬆。出發前她向每人收取二點五索爾，用來支付單程往利馬市中心的車資。我們先排好隊，兩人並排，沿街往高速公路公路旁的巴士站。這條巴士行走的高速公路，原來就是我們入住酒店房間下望往來車輛不絕的那條公路。我們的酒店可能在其中的一個巴士站附近。我們登車的車站叫 Beravides。巴士沿專線向北行，利馬的古城區就在那裏。

　　其實在許多大城市乘搭交通工具，乘客要購買一張綜合

的智能儲值卡，像悉尼的 Opal Card 或香港的八達通。網上的許多資料都說明有多種交通工具可以選擇。最方便的是的士，酒店幫你召的車輛，當然較為安心。這裏 Uber 也很普遍。打開 Uber 程式便看到附近正在候命的 Uber 車子。不過還是安全最重要，所以 Uber 還是免了，不想嘗試。至於智能儲值卡的收費，每張五索爾，然後預早增值。但我們逗留在利馬的時間太短，所以沒有想過買這張儲值卡。Clara 乖巧的把我們付她的車費在自己的卡上充值，然後在入閘機前不斷輕拍讓我們所有人進入車站。下車時出了閘，卻不用再輕拍卡，即是車費不分距離長短。悉尼的卻不一樣，如果下車時忘了拍卡，乘客將被收取最高的車資。老實說，這次單程高速公路巴士車票，原來不過是一澳元而已。

步行團的第一站就是利馬市中心的聖馬丁廣場（Plaza San Martin）。廣場的中央就是荷西・德・聖馬丁（Jose de San Martin）騎在馬背上的銅像。聖馬丁是從西班牙殖民統治者手中解放秘魯的英雄，一七七八年生於阿根廷。八歲時聖馬丁隨父親到西班牙學習軍事，參加過與英國、葡萄牙和法國的戰爭，升至中校。一八一二年他跑回阿根廷投身革命，先後協助智利於一八一七年擊退西班牙守軍。一八二〇年聖馬丁在智利組成了一支四千五百名士兵的軍隊，從海上突擊西班牙的二萬三千大軍，西班牙總督不敵，逃往東部山區。一八二一年七月二十八秘魯宣佈獨立，聖馬丁不想做領袖，也不想做征服者。大家力勸他不果，只好推舉他為「護國者」

（Protector）。維基百科譯 Protector 為「護國公」，那時聖馬丁只不過四十三歲。做了秘魯的名義領袖後，聖馬丁知道秘魯人的思想較為保守，不敢宣傳太多的自由和憲法思想，因此無法得到群眾和當地人的支持。一八二二年聖馬丁辭去護國者一職，交出南部軍隊指揮權，取道智利返回阿根廷。聖馬丁七十二歲死於法國，遺體運返阿根廷布宜諾斯艾利斯都會大教堂（Buenos Aires Metropolitan Cathedral）安放。可以說，沒有聖馬丁，就沒有今天的南美洲。利馬市有他的銅像，智利首都聖地牙哥也有他的銅像，以作紀念。這位解放南美洲的英雄的功勳跨越了國界，戰勝了殖民地政府，卻戰勝不了抱殘守缺、不思進取的群眾腦袋。那個戰亂的年代，時勢造了英雄，英雄卻不一定能夠改變時勢。

站在銅像的下面，導遊 Clara 花了許多時間講解廣場的四周的建築物，包括劇院、銀行大樓和酒店。聖馬丁廣場原址是一座醫院，於一九二一年七月二十七日啟用，紀念秘魯獨立一百年，其他建築物其後陸續落成，都是非常一致的巴洛克的風格。廣場於一九八八年被聯合國教科文組織列入世界遺產的利馬歷史中心內。大家都很耐心聽，很少離開。到了她介紹完了，叫大家休息十五分鐘的時候，大家才走開去，拍拍照，作個紀念。Clara 講解的時候，不斷提醒我們要提防自己的財物，例如錢包和背包都要小心看管。如果背包有拉鍊，緊扣上也更好。意思是説不少人在我們身邊徘徊，看看有沒有機會下手。於是我們把背包置於胸前，緊緊抱

着，一點也不放鬆，也不時留意有沒有走近大家的身後。這樣的心態是從來沒有過。不過廣場上除了不少遊客外，更多的是佩戴反光衣的警察。他們不但沒有凶神惡煞的模樣，閒談之間更問我們來自何方。儘管 Clara 說城市的四周多麼的不安全，看到廣場上的警察反而令我們安心。他們打趣用流利的英語說他們的職責是保障旅客的安全。這樣的回答，無論是否客套話，倒使人覺得很舒服。想起其他地方的現況，當然使人相當感慨。

利馬市中心的必到之處，定是走向總統府的大街，兩旁都是歷史悠久的教堂和數層樓高的建築物。建築物的地下都紛紛變成了名店的鋪位。但為了尊重文化遺產的黑色標記，店名改變顏色作配合。例如肯德基家鄉雞 KFC 的紅色標記，就變為黑色以示支持。名店之外就是售賣本土的食物和旅客紀念品的店，款式眾多，可能比其他地方更便宜，不過要在正午十二時趕到總統府前看守衛換更，沒有時候購物。這十五分鐘隔著圍欄全神貫注看士兵，其實沒有甚麼特別。勉強要多逗留，我反而樂意參觀一下小說家略薩（Mario Vargas Llosa）用他的作品版稅捐贈出來蓋建的博物館。

步行團的終點，就是一個小公園，旁邊有度行人天橋，跨過里馬克河（River Rimac）通往其中一個貧民窟里馬克（Rimac）。諷刺的是其實它也是一個世界文化遺產。網上搜索一下旅客的評分，只有一星，除了本地人之外不宜前往。我們的導遊 Clara 原來也曾經住過那裏，當然不鼓勵我們單

獨前去。利馬貧窮和富裕的兩極只是一河之隔，竟然是如此荒謬的接近。

二〇二〇年二月二日

平民美食

　　步行團的尾聲，導遊 Clara 問有沒有人留下自己闖，不隨她回旅客資料中心。出乎意料地，甚多人寧願跟隨她，很少人獨自留在市中心。當然 Clara 是一個稱職的導遊。她三番四次提醒我們留意財物，純粹出於好意，尤其許多人沒有這方面的意識，但的確使人憂慮有可能遇上不幸的事情，所以即使團中數個高高大大的「鬼佬」半個也不敢留下闖天下。在利馬快餐連鎖店麥當勞、超市、任何大型店鋪和商場，門前一定有一個配槍的護衛員，望而生畏；街上也有很多警察巡邏。這麼多的持械人員在街頭，換句話說，治安一定好極有限。幸而我們還未曾目睹甚麼光天白日的犯罪行為。這些裝備不是只用來唬人，應該還有點用。可惜途上太過驚恐，拍攝不到甚麼好照片。

　　在回酒店途中，在巴士上問 Clara，究竟有甚麼地道的地方試試秘魯的平民餐。她介紹在 Ricardo Palma 的街市，應該不會令人失望。在 Ricardo Palma 下了車，從高途公路走上來，轉左就可以看到了。下了車看看，果然是人車聚集，不過已經是下午，人潮逐漸散去，可以想像到早上的喧鬧。其

他的團友紛紛往右邊去了。萍水相逢，團友之間很難建立甚麼聯繫，只是感激導遊 Clara。這是個免費的導賞團。她的收入來自步行團結束的打賞。如果覺得滿意，當然可以慷慨一點。我們覺得這是一個近滿分的旅行團。短短數小時，遊遍利馬的中心區，讓你充分了解人文和歷史，給你打開了一道門。願不願意走得深入一點，全是你的選擇。

在地圖上看，高途公路的兩端，可能就是一個截然不同的世界。街市的那一端，地下全是店鋪，樓上是住宿的地方。街市的四周都是店鋪，出售日用品、水果和食物，可以說是街市的延伸，也擴闊街市的範圍。走進街市，就跟我們到過的庫斯科的 San Pedro 街市沒有大分別，只是這個街市恐怕是十分之一左右，乾和濕貨混雜其中。由於是下午，許多店鋪都關上門，食肆也只有三數間，大家懶洋洋，只是蒼蠅出奇的多。轉了一圈，還是有點兒擔心衛生，就出外看看有沒有其他食肆。剛好在另一條街道的轉角處發現一間路旁食店，餐桌伸展到行人路上，張開的帳篷讓我們看不到店家的名稱，只是整幢樓房塗上了鮮艷的橙色、黃色、藍色和綠色，一幅相連另外一幅，十分搶眼，桌子蓋了紅布，椅子也是紅色，非常可觀。店外的牆壁上張貼了一張大大的菜單和價錢，細看一下，似乎是七秘魯索爾一組、八索爾一組和九索爾一組，下面也有一些圖案，例如着一尾魚，雖然不懂得西班牙文，只要稍為一問，手指一點，當可知其所以然。

我們看到鄰桌上正在吃一個炸魚餐，問侍應，他指着九

索爾的一類，意思清楚不過。心想吃魚可能比其他肉類更可靠。而且那是油炸的魚，甚麼細菌也應該灰飛煙滅了吧。於是跟侍應用手勢指一指鄰桌的餐，豎起兩根手指，侍應點頭示意明白。我們就找了一張圓桌坐下來。坐下來，才發現桌子和桌子之間的空間非常細小，彼此的椅子緊貼着，沒有咖啡館的悠閒，卻有非常地道的感覺。侍應很快把煎魚送到，相信是早已煎好或者炸好，配上黃豆和米飯和醬汁，肉骨湯也伴隨，和飲品一併放在小小的桌面上。肉骨湯面是浮油，但一大片肉骨在碗中，只是顏色淡如水，相信早已稀釋了許多，喝之無味，棄之可惜。喝完湯，再嘗炸魚，已經冷了一大截，只是醬汁有微溫，跟飯和蔬菜一起吃，尚可以讓你裹腹。至於飲品，只是甜味，吃過後，不妨說，一個普通利馬市民的甘苦，略知一二。

　　吃了差不多大半，看見鄰桌一個婦人和年幼孩子也在吃飯，她也看到我們。然後她指着牆上的菜單，好像是說我們的套餐應該是七索爾。正在招呼別人的侍應忽然匆匆跑過來，指着八索爾的一類，嘰哩咕嚕說了一頓，意思好像是說這八索爾套餐的魚和七索爾的不是同一種，所以價錢有異。我們回想起來，才知道我們的炸魚餐也不是原來他說的九索爾。侍應也跟我們說起英語來，即是說他是假裝聽不懂，其實他從開始已經清楚得很。他的瞞騙技倆給公開了，當然臉色不怎麼好看，只是裝着若無其事。至於我們套餐中的甜品，我們相信他也不會端上來，當然也給猜中了。結果我們

付帳之時，他取去了我們的二十索爾的紙幣，拿到坐在另外一張桌子上點算紙幣硬幣的一個女人，相信就是店主了。侍應找回給我們四個零點五索爾的硬幣，證明那個帶着孩子的女人的話是對的。

女人帶着孩子早走遠了，來不及道謝。不過她可以並不計較，也並不把這件事情放在心上。也許她每天經過這裏，遇見一樣的店的東主和侍應，她早就知道他們的經營手法，待客之道。餐廳的經營者和侍應也應該知道她是誰。但她竟然毫不猶豫向陌生的我們說出餐廳的欺騙手法，令我們很感激。這個世界許多人行為如斯卑劣。雖然這不是不大奸大惡的行為，卻令人大開眼界。至於能夠勇敢站出來道出真相的人，畢竟是少數，大部份選擇沉默。保持沉默，其實是幫兇，間接助長這樣的惡行蔓延。

這一頓午餐當然吃得不甚愉快。但嘗試的意思，就不一定包括令人滿意，也不應該失望。如果我在攝錄一齣介紹地道美食的電影，可能表達這間路邊的餐廳就不一樣。角度親切，燈光效果和對白也特別處理過，令人神往。可能會刻劃把店主成為一個赤手空拳打出天下的人，和侍應創造未來，因為我在製作我的故事。但這是你願意看到的真實嗎？現實的世界中，真理首先被埋葬。至於大家關心的，不是真相，而是求求千萬別戮破幻像。人情比水冷，即使有惡運，也只希望不會降臨在自己的身上。

二〇二〇年二月九日

Miraflores

　　網上很多人說利馬的治安很成問題,但我們參加由 Clara 帶的徒步旅行團,看見她非常盡責,瞻前顧後,過馬路時也吩咐我們小心謹慎,離開景點時點算人數,以防有團友走失,做得已經很專業。其實這類徒步旅行團在大城市非常普遍。在利馬已經有不少類似的旅行團,但收費在乎時間和多少人。一個三至四小時的步行團,由五十至一百五十美元不等,競爭激烈。像 Clara 的由四個女孩子辦的免費的團,主要是因為跟官方的旅客中心合作,靠它們的推廣,才能勉強打入這個導遊市場。她們的生存主要還是靠團友的小費。不幸地大家不會很疏爽。部份人只是打賞一個硬幣。秘魯硬幣的最高面額為五索爾,差不多是一點五美元。三小時的汗水與青春,根本不能和五索爾成正比。一天之中,還有下午導賞,特別的地方是能夠欣賞傍晚市中心 Park of the Reserve 的四十五分鐘噴泉幻彩燈色表演。不過這些燈火璀璨的東西對我們毫不陌生,到秘魯,還是要數印加的文化遺產。

　　我們住的 Miraflores 區,雖然建於十六世紀,今天已經沒有甚麼遺跡。但在高樓、酒店、咖啡館、餐廳、商場和賭

場之間，如果還有的話，有的也是一點點，用來點綴一下留下來的歷史。十九世紀末的太平洋戰爭中，智利對玻利維亞和秘魯兩國聯盟宣戰，Miraflores 就是古戰場的所在。當年從東方來的智利軍隊，在這裏殺死了二千秘魯士兵，把房屋化為焦土。後來智利佔領了當時玻利維亞西部的港口史托法加斯塔（Antofagasta）和附近的土地。從此玻利維亞失去海口，成為內陸國。不過百年後，戰爭煙消雲散，今天看 Miraflores 看到的是上流和中產階級的美好生活，貧窮人口只佔百分之二左右，消費一點也不便宜。旅遊的資訊更叫大家遊 Mirafloes，不要錯過 Larcomar 的商場。

我們離開利馬的飛機在深夜開出，早上安頓好行李在酒店後，我們便徒步前往 Larcomar 商場見識一下，行程不過是十多分鐘。利馬的早上天氣灰沉沉，不見藍天，也沒有下雨。利馬是秘魯的「無雨之城」，一年總雨量大概不超過五十毫米，只在十二月和一月落下，悉尼一天可以下三百毫米，相比之下，遊覽利馬放晴，當然有便利之處。利馬下雨不常見，因此據說街道沒有污水渠，房子用泥或紙板建造，有些房子建造到了半途便放棄了，沒有完成。利馬人也從來不購買雨傘和雨衣等雨具。不過住在 Miraflores 的人當然不是利馬的普通市民，沒有經濟能力的人，根本住不起這區，所以大家認為治安也相對較好。旅遊指南建議旅客住在這區，不無道理。

我在網上看過一段拍攝由高空拍攝利馬的影片，相信是

航拍機的傑作，拍的正好是 Miraflores 的岸邊，可以看到崖下面的沿岸的沙灘，長長的海岸線。 Larcomar 商場就在崖上。坦白說，如果你相信一些 YouTuber 所言，Larcomar 不可不遊的話，一定令你大失所望。作為一個三層商場，店鋪不足，逛一會就差不多已經走遍了。記着它也不是 outlet，所以不要期望有甚麼掃貨的情況出現。我心目中以為有甚麼音響相機店，原來只有一間叫 Coolbox 的連鎖店，賣的是耳機和小型音響之類的小型電子器材，品種非常有限，不看也罷。至於食肆，有幾間頗有規模，而且擁有無敵的海景，看來能夠付出適當價錢，美食和美景當然盡在你手中。我一定不會推薦你來 Larcomar 。但 Larcomar 沿岸，都隨便可以遠眺太平洋。崖上有步道給你由南到北，又由北走到南，看到崖端大草坪上有人玩滑翔降傘，也看到有著名的雕塑「接吻」（El Beso）。雕塑家 Victor Delfin 和妻子在一次時間最長接吻比賽中得到冠軍，「接吻」正是刻劃他倆的情濃時的一刻。這件雕塑作品從一九九三年開始放在 Miraflores 海邊的 Love Park 中，成為遊客打卡的熱點。大家圍着它團團轉。拍攝這件雕塑的最好角度，可能在早上，陽光直接照射在臉上。下午因為背光的關係，兩人的臉孔暗黑一片。

　　如果你像我們一樣，以為 Larcomar 可以遊上一天。失望之餘，不妨沿街往 Miraflores 的市中心走。途中可以找地方歇腳，也有地道的美食。途中我們遇上小巷中一間路邊餐廳叫 Sabor & Aroma，吃了一個不錯的雞飯套餐，價錢不過

是十五索爾,有湯、主菜和甜品。座位是露天的,陽光照得猛烈,曬得皮膚灼熱。店主像一對夫妻,兩人就負起打點鋪面一切,包括招徠顧客,安排座位和送餐。女的會說英語,所以毫不猶豫就坐下來飽吃了一頓。本來很擔心凍飲,喝了下肚,還是可以,所以在這間餐廳打了卡,分享圖片上Instagram。其實途中也遇上一間頗有規模中餐廳。侍應也很有禮貌叫我們進內試試。不過我們還是想吃些秘魯本土的午餐,結果在 Sober & Aroma 吃得很偷快。

Miraflores 的市中心有一個大型休憩處,叫 Kennedy Park。公園坐滿許多人,但其實流浪貓才是公園的主人。牠們有些懶洋洋,有些在睡覺,有些向遊人討食物。據說這個公園有一百隻流浪貓,這天我們看到的恐怕是少數。至於貓為甚麼聚居此地,沒有人知道。有人愛貓,有人恨貓,因此有人帶食物前來餵飼貓,也有人想毒殺貓。貓帶給一些人歡樂,也有很多人對貓帶來的清潔和衛生問題感到不滿。到後來,都紛紛變成了對這個城市的愛和恨。

離開利馬的最後的一個節目是在酒店餐廳內欣賞秘魯和烏拉圭的足球友誼賽。九十分鐘賽事完畢,秘魯一球見負。全場球來球往,悶戰一場。餐廳內的秘魯粉絲都看得意興闌珊,沒精打彩。秘魯曾經數次打入世界盃,但沒有奪過冠軍。秘魯於二〇一八年的分組賽中勝澳洲二比〇,不過無緣出線。烏拉圭卻打入十六強。

午夜前將要登機往智利的聖地牙哥,才想起利馬的點

滴。我們的大部份活動範圍在 Miraflores，沒有到過其他的地方。所以我對利馬的認識，是狗、貓、略薩還是印加？我大概就像瞎子摸象中的瞎子，只摸了利馬的某個部份，沒法理解全部。

二〇二〇年二月十六日

聖地牙哥的第一天

　　我們早上六時多到達智利首都聖地牙哥。夜半時分登上飛機的滋味絕不好受。已習慣了早睡的我們，在利馬的飛機場內等待長夜，直到登機的一小時多前才知道閘口在哪裏。通過了安全檢查，直接到了國際線的登機範圍，與上次乘國內線到 Ollantaytambo 只是一門之隔。其實國際與國外線的範圍是互通的，到了半夜，才有一個警衛出來，在中間的門裝模作樣站一下，沒有甚麼作為。但作為旅客，在國際線的範圍走動久了，進出店鋪數次，甚麼都看得厭了，想起不如再走到國內線那端看看，才發現真的是兩個價錢。舉例來說，一支樽裝水的價錢，國際線和國內線已經明顯的差別。不過如果沒有在國內線逗留過的經驗，很難會想起有這個分別。機場購物，從來不是令人愉快的地方，價錢也不會有甚麼特別的優惠。我未曾發現過免稅店有甚麼特惠價，最後衝刺的購物體驗，是責任多於樂趣。利馬的機場禁區內，食肆不過是咖啡店之類。禮品店毫不意外不多，東西的價格也是國際級，有些還以美元和索爾並列。

　　從利馬飛到聖地牙哥近四小時，乘坐的是 LATAM 航

空，只有深夜的航班，真的別無選擇。一如既往，機艙內並沒有娛樂節目提供。不過夜已深，還有甚麼精神看？一覺醒來，已回到聖地牙哥那個正在增善設備的機場。在機場找到往市中心的小型客車，坐十多人，但不需要坐滿便開行了。半小時後已抵達我們訂下的酒店。酒店位於市中心，本來是一幢青年旅舍，但也有提供家庭式的房間。通過 Qantas 航空公司的客戶價格得到房間優惠，當然是考慮入住的因素之一。這麼早到來，酒店尚未能夠準備房間給我們。只好把行李寄存放好，然後再盤算今天的行程。坐下來瀏覽了休閒處的單張，才發現這地也有類似利馬的徒步旅行團，這個叫 Tour 4 Tips 的運作模式就是一個基本免費的導賞，參加者的打賞是導遊的收入。既然利馬的 Clara 給我們一個良好的印象，我們想到不妨利用半天的時間，參加這個團，欣賞一下聖地牙哥的本土色彩。

　　這個步行團是十時正在歷史博物館外集合。這天正好是星期六，市中心大部份的店鋪還未開門營業，咖啡店也似乎在半睡半醒之間。好不容易才找到一間叫了一杯茶。茶真的是紅茶，除非特別說明加奶，不然就是熱茶一杯。英式的茶不加奶其實太濃，不過要提神，就只好叫簡單的純正紅茶了。事後想起，叫一杯咖啡不是更好嗎？街上行人稀疏，拿出相機拍攝了一兩張街景，心想把相機掛在胸前邊走邊抓拍豈不是更方便嗎？誰料剛掛好，正欲提步向前，一輛私家車在對面行車線駛過，忽然慢下來。司機從座位伸出頭來，大

喝一聲：危險！千萬不把相機放在胸前。經他一說，連聲道謝，急急把相機放回背包。心有餘悸，想到原來這裏治安也是一樣差，甚至當地人也不禁提醒我不要大意。結果只好盡量靠手機拍攝。難怪其後在路上，看不到人拿着一部體積稍大的相機招搖過市。

到了十時，參加徒步旅行團的人紛紛來到博物館的面前，一共十多人。領隊一男一女，都是比我年輕得多的人。忘記了他們的名，但男的稱來自哥倫比亞，女的來自德國。搞這個徒步旅行團，看來多了一點商業的計算在內，例如出發前在博物館前來一張大合照，以便放在社交媒體上分享。男的似乎是步行團的主腦，除了介紹今天的行程，也不忘記叫大家結束前給的小費，如果滿意他們的表現，大概每人應該給予七千智利披索左右。七千披索，大概是十三澳元，只是一個午餐的價錢。不過如此光明正大的提醒打賞多少，倒有點意外，反而沒有利馬 Clara 那一伙女孩子那種熱誠和細心。

這個步行團帶我們走遍了聖地牙哥的中央街市。原來大部份的人都來到這裏購買蔬菜、肉食和一切生活所需。這裏人山人海，難怪市中心如此冷清清。旅行團當然不會安排旅客來到這裏，因為沒有人把它當成景點看待。千山萬水來到，只看街市，是否有些奇怪？不過要瞭解這個城市的人如何生活，街市也是個好地方，只是不會有人在街市裏拍照留念。至於一個異服的旅客經過，那些店家也會用奇怪的眼光

看你。到最後，我們停在一個售熱餅的流動攤子前面，領隊說要請每人吃一件新鮮的街頭小食。

我們取了餅，就站在一旁吃起來。餅是鹹的，暖呼呼，但說很好吃，也不是。這是個免費導賞，領隊請吃餅，他豈不是反而要補貼我們？旁邊另一個小攤子也是售熱餅，買的人卻較少。一個年長的人吃着熱餅，用英語輕輕的說我們吃的餅並不是新鮮造的。餅早就準備好，待我們到來便拿出來。他吃的才是現場店主親手做。我們一看，果然發現他說得有道理。這個世界並無免費的午餐，領隊請吃餅，當然有他的計算。

領隊教我們乘坐市內地鐵。用的也是一張儲值電子車票，同一個價錢，不論長短，到達不同的車站。結果我們的旅行團，乘搭了三個車站，到了一個大型的墳場。領隊帶着我們穿梭不同的墓地和墓園，介紹這是誰那是誰。富人的墓園佔地不少，數代同穴，宏偉如巨宅，高兩層，也有地庫。墳場總面積大如十七個足球場，有二百多工作人員。但舉目所見，野草叢生，許多墓地無人打理。在生之時爭名逐利，死後萬般帶不走，應該是回歸塵土，一無所有。可是人的心不是如此單純。有些人死後尚要繼續享受生前的榮華富貴，實在諷刺之極。

步行團安排如此的終點，當然有少許的警世意味。我們在墳場逛了接近一小時，男領隊最後也不忘叫大家圍坐一角，聆聽他的一片心聲：富與貧，最後的歸宿一樣。這個領

隊其實像極一個哲學家。他滔滔不絕地，談了三個多小時。如此特別的步行團，果然令我們在聖地牙哥的第一天，感覺耳目一新。

二〇二〇年二月二十三日

瓦爾帕萊索

聖地牙哥是智利的首都，但智利的國會（National Congress）原來在瓦爾帕萊索（Valparaiso）。這個距離聖地牙哥西北一百二十六公里的海邊城市一點也不簡單，它曾經是南美洲最重要的港口。歐洲的船隻往大平洋，須先繞過南美最南端的麥哲倫海峽（Straits of Magellan），北上停泊在此補給。但巴拿馬運河建成後，船隻直接橫越中美洲，省卻不少時間，瓦爾帕萊索從此無復昔日風光。

以前如何由大西洋到太平洋呢？一五一九年麥哲倫率領五艘船共二百七十人從西班牙出發，西行找尋航道希望到達香料的生產國印尼。一五二〇年麥哲倫三月南下到了接近南美 Patagonia 的聖朱利安港（Port St Julian），停駐等冬季過去。復活節當日午夜，西班牙籍船長不服葡萄牙船長而叛變，麥倫哲平息暴亂，處死了一名西班牙籍船長，放逐另一個在岸上。八月麥哲倫重啟航，幾經艱苦，終於發現以他命名的麥倫哲海峽。海峽風高浪急，九十九天後艦隊只剩下三艘平安地來到另一個大海洋。海洋風平浪靜，一望無際，麥哲倫稱之為「太平洋」（Pacific Ocean）。拉丁文 pacificus，

就是安靜的意思。

一五二一年麥哲倫來到了菲律賓的宿霧，並沒有到達僅四百里之遙的印尼。他於四月二十七日在當地土著間的紛爭中中毒箭身亡。艦隊群龍無首之下，兩艘船載滿香料歸航。一艘欲走回頭路往東，卻再無法橫渡太平洋。另一艘維多利號（The Vittoria）由船長胡安・塞巴斯蒂安・埃爾卡諾（Juan Sebastian Elcano）領航，西行穿過印度洋，繞過非洲南端的好望角於一五二二年回到西班牙。根據同行船上另一名水手的記載，這個環繞地球一週的航程，大概有八萬一千五百公里。當然航程現在可以縮短得多了。

華特・沙勒斯（Walter Salles）的電影 *The Motorcycle Diaries*，描寫捷・古耶拉（Ernesto Guevara）和好友阿爾貝托・格拉納多（Alberto Granado）在他們即將畢業之前，駕駛電單車從阿根廷北上，遍遊南美，片中就提到瓦爾帕萊索這個地方。途中兩人為了尋找住宿的地方，多次向陌生人拍門求助，格拉納多鬼計多端，訛稱捷古耶拉是醫生，結伴同行。他們旅途上資金不足，要到瓦爾帕萊索才可以取得款項。可見瓦爾帕萊索是當時的經濟中心。今天的瓦爾帕萊索，不再是補給重鎮，但它仍然是智利的第三大城市，旅遊成為了主要的收入來源。它的最大吸力，就是位於半山上色彩繽紛的房子和無數的外牆塗鴉藝術。

從聖地牙哥前往瓦爾帕萊索，可以乘坐旅遊巴士。我們先坐地鐵到 Pajaritos 站。站外有兩三旅遊巴士。我們選擇了

一間叫 Pullman 的公司的，一個人付了六千披索來回。乘客不多，登車不久便開行了。車上有 WiFi，座位寬敞，非常舒服，沿高速公路行走，一小時三十分鐘左右便到了這個海邊的城市。車子駛入市中心大街，迎面而來是一個大型的跳蚤市場。在巴士上層看下去，這個露天跳蚤市場的攤位接連不斷，售賣的東西主要是乾貨，包羅萬有，仔細看看，半天也走不完。巴士總站就在跳蚤市場的旁邊。下車後第一個面對的抉擇，就是究竟先看跳蚤市場，還是逛半山看塗鴉？在巴士總站內的一個施行社職員，非常努力地介紹它們的導賞行程，三小時每人要花兩萬五千披索。行程重點包括參觀智利詩人聶魯達（Pablo Neruda）在山上的房子 La Sebastiana。一九六一年九月聶魯達在這裏弄了一個入伙大派對。他也喜歡坐在房子的頂層歡渡新年前夕。當然從這個高點可以看到山下燈火闌珊，天上點點星光。他說過厭倦聖地牙哥的繁華，希望在瓦爾帕萊索找個寧靜、不高也不低的地方寫他的詩作。老實說，不是聶魯達，瓦爾帕萊索也許沒有必來的理由。

結果導賞團匆匆開始，我們趕不及參加，只好自己徒步，沿海邊走向碼頭，再登升降機上山。這樣子可能更容易看看瓦爾帕萊索的市容。這天天色灰暗，即使房子的顏色如何燦爛，也是一片灰。市內的電車行走在海邊，看來是避免令市內交通的擠迫情況加劇。路旁行人不多，但沿途臭氣熏天，流浪狗處處，充滿便溺的味道，甚或有人俯臥在草叢。

後來我們看到有水車清洗路面，不過如果居民不自律，單靠定時清潔是沒有甚麼作用的。

我們到了碼頭，智利的海軍基地也在附近。有觀光船出海，但我們最大的興趣是逛半山。原來一共有十五個登山升降機路線，長短不一，收費也不盡相同。其中一程登山要付三百披索，等於五十澳仙，另一個下山的付一百披索，等於二十澳仙，非常便宜。行程不過二三十秒，不可能不嘗試一下。上到半山，才發現許多教堂、旅舍、餐廳和咖啡館，升降機站旁邊也有街頭的藝術品飾物售賣。你可以從半山走到更高的地方，也可以從這一端走到另一端。沿途的塗鴉令人目不暇給，每一個都可能是你拍照留念的熱點，大家的興致也非常高。算一算，從海邊到了這個半山，已經過了三小時。如果參加導賞團匆匆一遊，許多地方都不能留下印象。

我不知道聶魯達的故居在哪兒，後來網上找，才知道它的位置要比半山升降機站高很多，地理上的位置也靠近山下的旅遊巴士總站和跳蚤市場那端。其實只要住在半山的旅舍多一天，就更容易到來參觀。半山一帶，貧富混雜其中。聶魯達曾經如此寫過：我愛瓦爾帕萊索，它是世界上最美的海岸……我也喜歡它犯罪的小巷。的確世上從來沒有一個完美的城市，你總會發現種種矛盾：愛和恨，歡樂和淚水，天堂與地獄。

下了山，走向旅遊巴士總站的方向，我們看見肉食蔬菜市場，即使在下午大家都依舊忙個不停。至於跳蚤市場，

我們走了一轉，不見有甚麼當地的工藝品，反而是日用品居多，沒有甚麼特別的地方。但大家都樂此不疲，有人找到要找的東西，開心離開。有人像我們一樣雙手空空，一無所得。

除了詩人聶魯達，瓦爾帕萊索還令人想起獨裁者皮諾切特（Augusta Pinochet）。這個出生於斯的軍人於一九七三年九月十一日發動政變上臺。他任內推行國家恐怖主義政策，人權和民主大幅倒退。上臺當日聶魯達因白血病逝世，兩個住所巧合地被洗劫一空。詩人之死是否和皮諾切特有關，倒是歷史上一大懸案。

二〇二〇年三月一日

聶魯達的三所房子

翻查網上資料，聶魯達應該逝於一九七三年九月二十三日。九月十一日是智利人民不能忘記的大日子。獨裁者皮諾切特上臺，推翻當時的總統阿連德（Salvador Allende），展開了長達十七年的血腥統治。聶魯達的自傳的最後一章「我深愛的殘酷祖國」（Cruel, Beloved Homeland）的最後數行，寫的就是總統阿連德之死。是日上午，得到美國中央情報局支持的軍隊包圍總統府，在炮火連天之中，阿連德發表演說，誓言他不會辭職。後來二〇一一年的一份智利法庭和國際專家報告，判斷總統阿連德是用古巴總統卡斯特羅（Fidel Castro）送贈給他的 AK47 步槍結束了自己的生命，因為在他身上發現明顯的傷痕。不過聶魯達寫的是另一個版本：阿連德孤身在總統府中，以血肉之軀迎接軍隊坦克的迫近，子彈橫飛。阿連德死後匆匆秘密下葬，送他人生最後一程的只有他的遺孀。聶魯達自傳的最後一行，不是寫自己，而是寫到阿連德粉身碎骨，軍隊再一次出賣智利，葬送了一個民族的民主未來。

聶魯達和智利的文學和政治分不開。他的自傳中提到的

很多的內容是他參與的政治活動。他加入共產黨、信奉史太林和列寧，曾經被推舉出任總統候選人。直到阿連德被提名，聶魯達公開支持。阿連德上任，聶魯達出使法國，可見兩人是深交。阿連德被殺，聶魯達公開發聲指責軍方，自然成為下一個要對付的目標。聶魯達被診斷有前列腺癌，於 Santa Maria 醫院治療，九月二十三日出院返家後數小時死於家中，另外一個說法是他病死於醫院。前列腺癌的癌細胞散到其他器官，一般要十多年，即使不能得到治療、也不會立刻死亡。所以聶魯達之死有太多的疑點。他的司機 Manuel Araya 作証，說那時候聶魯達準備出走墨西哥，成立流亡政府，指控軍隊奪權。所以軍政府才先下手為強，置他於死地。當時聶魯達病情急轉直下，呼喚妻子 Matilde Urrutia 到來。Araya 隨侍在側，聽到聶魯達對妻子說皮諾切特下令一名醫生為他注射毒針，於六小時三十分鐘後死亡。

聶魯達受到國民歡迎，地位尊崇。他的突然離世自然引起議論紛紛。出殯之日，民眾和軍警一樣的多。二○一三年一個智利法庭下令剖屍，及翻閱無數文件，無法証實 Araya 所言屬實。到了二○一七年另一項調查於聶魯達的遺體中，發現一些只有實驗室才能研製的病毒。無論如何，聶魯達的官方死因，只列為心臟病發。事隔多年，當年的人証物証，隨歲月流逝，灰飛煙滅。聶魯達的自傳在他死後由妻子 Urrutia 整理出版，是瞭解他的一生重要的資料。Urrutia 也寫過一本回憶她和聶魯達生活的書，開首寫的就是那年的九

月十一日。Urrutia 的文筆也許不如聶魯達，但她寫的是聶魯達的一生謝幕後的故事，在皮諾切特統治下殘酷的歲月。

聶魯達有三幢房子。瓦爾帕萊索的一間是寫作之所，日常生活就在聖地牙哥的 La Chascona。La Chascona 是聶魯達送給當時仍是他的秘密情人 Urrutia 的愛巢。Chascona 的原意是一把狂野的秀髮，可能就是聶魯達迷戀 Urrutia 的原因。這所建於一九五三年的房子今天已經是聶魯達博物館的一部份。房子位於 Bellavista 區，也就是位於 San Cristobal 山的山腳。San Cristobal 山可以乘登山纜車觀光。San Cristobal 的山腳也有一個日本公園，不過在山的東面。從聶魯達故居前往，步行要四十五分鐘左右，登山纜車站也在那裏。

La Chascona 本來由德國建築師 Rodriguez Arias 負責設計，房子的正面向着聖地牙哥市中心，但聶魯達不以為然，主張朝山的方向。Urrutia 負責監工，住在原本只有起居室和一個睡房的房子裏。直到一九五五年聶魯達和第二任妻子離婚，搬進來後，再加建廚房和飯廳。後來 Arias 返國，改由 Carlos Martner 完成，這也是聶魯達的最後居所。聶魯達逝世後，房子遭到暴徒大肆破壞：溝渠被阻塞，房子部份受到水浸。但 Urrutia 知道聶魯達如此深受這個小天地，堅持葬禮儀式要在房子內進行。那天地板滿是泥濘，Urrutia 在上面蓋上木板，以便將聶魯達的遺體送入房子裏。Urrutia 和一些朋友，就在破窗前過了葬禮前的一夜。

如果從聖地牙哥的市中心往 La Chascona，走的是東北

方，不過是四十五分鐘。這一端全是矮小的兩三層建築物，很像悉尼的 Redfern，尤其是不少牆上顏色班駁的塗鴉，很有地方色彩，証明街頭藝術是屬於大眾的，根本沒有辦法制止。制止塗鴉把牆壁還原的代價，可能十分高昂。悉尼的往西的火車沿線，出現不少塗鴉。有一段時間可能有人投訴不雅，區議會於是找人塗上近似原來的顏色。沒多久，塗鴉又出現了。如此這般來來去去，塗鴉出現了又消失，消失了又出現，一籌莫展。不過有些塗鴉不是甚麼藝術，只是胡亂寫上幾個字，看不出有甚麼信息。

這天的灰雲比昨天還甚。到了 La Chascona 門前，空無一人，才恍然大悟今天是星期一，房子關門休息一天。這所博物館進場要七千披索，而且是先到先得，除非是大批學生進來參觀，否則不需預約。錯過了瓦爾帕萊索的，又錯過了聖地牙哥的，是我的胡塗。聶魯達的第三所房子，是位於聖地牙哥以西九十六公里的海邊，名叫 Isla Negra，也是改建成了博物館。房子原本叫海鷗，聶魯達給它改了這個名稱。Isla 的意思是與世隔絕，Negra 意思是黑色，一九三七年聶魯達回國，想找一個僻靜的地方創作，竟然意外地發現這個海邊面對太平洋的小房子。在這裏聶魯達完成許多的著作。Urrutia 於一九八五年逝世，也是下葬在這裏。聶魯達的詩曾經寫過：好朋友們，請把我下葬於 Isla Negra，前面有我多麼熟悉的海洋、石上的縐紋、以及令我雙眼迷失的海浪。不過這個生前的卑微願望，卻要等待十九年。一九九二年十二

月，他的遺體才運回下葬在 Urrutia 的墓地旁邊。

聶魯達一生感情多姿多采，最後和 Urrutia 廝守一輩子。如果研究他的著作，不能不參觀他的房子，感受一下詩人的情感和生活。幸好在智利，看不見聶魯達被神化，他也沒有變成一個聖人，只有在聖地牙哥的一個小市集，有個藝術家出售手造的聶魯達頭像。回顧詩人的一生，跟許多普通人的一生一樣複雜，有歡笑、也有憂愁的時刻。

二〇二〇年三月八日

波蒂略

　　看見氣象預報天氣不錯，於是在聖地牙哥的最後一天我們參加了一個往波蒂略（Portillo）的當天旅行團。波蒂略本來不是我們的行程表內。原來計劃是逗留在聖地牙哥三天，第四天返悉尼。首兩日天陰，第二天還灑了些雨，參觀聶魯達故居不成，沿街往西隨便逛逛竟然又回到大市場。但外邊下雨，經過蔬菜市場，走入魚市場避雨。這個魚市場既有售賣海鮮的部份，也有餐廳的部份讓你大快朵頤。市場的中央有幾間小型店鋪，紀念品店是其中之一。走進去看，都是一般貨色，是些不買不會損失，買了又也許令自己後悔的無聊東西，例如是些細小的駝羊之類。有些人喜歡旅行後帶手信回來，每人給一份。以前往海外旅遊不是一件容易的事，帶回一份富有當地的特色物品給親友，真的是一份不小的心意。可是現在國與國的飛行距離已經縮窄了許多。只要你的雙腿還走得動，前去旅行已經不是甚麼大問題。總之，朋友間送贈手信這回事，也許早已經不再流行了。如果要說要為個人的旅行回憶加添色彩，不是為自己買些紀念品，而是認真的拍攝一些好照片，或者製作一段又一段的錄影上載社交

媒體分享。

　　逛過了紀念品店，來到一間舉辦當地遊旅行社的前面，才想到要查詢位於附近的一個風景美麗的人工湖有沒有開放。記憶中前往這個地方的公路剛發生山泥傾瀉，兩人活埋喪生，不會短期內重新開放。旅行社的職員証實這是千真萬確的。但聰明的他知道沒有你要的橙出售，倒不如考慮一下手頭上的柑又如何。所以這個人工湖不能去的話，他就爽快的介紹波蒂略。波蒂略是一個冬季滑雪勝地，山中有一個大湖。而且天氣好的話，風景也不錯。這個小型十多人的旅行團，團費每人四萬九千披索（約九十五澳元），十小時來回的行程，還包括了一個湖邊酒店的午餐，可以消磨一天的時光。

　　主意已定，跟這個職員多聊一會兒，才知道這個叫Franco 的年輕人來自悉尼，家在我們社區的附近。在澳洲完成了商學院的本科後，三年前來到這裏工作，覺得很喜歡，便留下來至今。不過可能生活在西班牙語的環境一段時間之後，他的澳洲口音好像消失了，變得與其他當地說英語的人一樣，帶有些怪怪的語調。這是一個很自然的現象，倒是像我這樣年紀的人，英語的發音，無論如何刻意改變，總是非常的香港。來了悉尼多年，以為自己滿口澳式辭彙。偶爾聽回自己說英語的錄音，原來仍有那種香港的口音。原來即使膚色曬得黑黑，或是名字改了叫 John 或者 Mary，生活在原地四十年的烙印，一樣不經意流露了出來。倒是像 Franco 那

樣年輕的人，融合了當地生活的環境，才有如此的改變，變了一個智利人。而且他還推薦我們下榻的旅館附近的 Santa Lucia 區，那裏有特色的紀念品，價錢也較合理。証明他下了一些工夫，很瞭解旅客要知道的訊息。

第二天清早一輛小型旅遊巴士接我們從旅館到了一個旅遊巴士的匯合點，然後再登上開往不同地方的巴士。我們的巴士也是一輛小型巴士，團友不多，看來這個春天的時間，不是滑雪季節，有興趣的旅客不會太多。這種避開旺季人潮的心態，並不限於我們。選擇這個時候去，當然不是想滑雪，看的也並非雪景。即是等於春天走到澳洲新州和維州之間的大雪山，大部份雪已經消融了，但遍地野花，開得燦爛，比雪景更令人驚喜。但波蒂略此刻如何，尚待揭盅。

波蒂略位於聖地牙哥東北，接近阿根廷邊境。小型旅遊巴士出了城，取道 57 號國道，然後進入山區的 60 號收費國道，全程約兩小時八分鐘。旅行團當然不會直接前去波蒂略，中途停留在一個家族經營的酒莊。我們不嗜酒，無緣嘗試究竟它們的美酒品質如何。不過聽聞智利出品的紅酒，曾經也是世界的十大之一。旅行團領隊的如意算盤，必定是希望你能慷慨解囊。後來登車時發現不少團友買了數瓶佳釀，總算有個交代。

60 號國道的精彩之處，在於那十九個髮夾彎角，而且往往見到不少大型貨櫃車在彎道中來去自如。相信這些超級貨櫃車的司機都是個中能手。即使論重量和靈活，小型旅遊巴

士應該穩操勝算，事實卻不然。貨櫃車在山道上爬升快捷，我們的巴士追不及前面的貨櫃車，後面的也不時追上來，好不刺激。網上很多人都說，這個叫 Los Caracoles 的路段，是60國道的精華所在。過了波蒂略，繼續前往阿根廷，風景依然壯闊。

波蒂略的主要風景，就是那個長長的印加湖。在波蒂略酒店，隔着窗可以眺望湖面及湖最盡頭的雪山。我們在餐廳內吃了一個午餐套餐，包括沙律、主菜（魚或牛扒）和甜品。以為煎魚美味，原來不及烤牛扒。不過總括來說是不錯的。餐後的自由時間，我們可以走下山坡，接近印加湖邊。印加湖的遠處盡頭是白雪覆蓋的山頂，其實極像加拿大 Alberta 省的路易斯湖（Lake Louise）。不知道印加湖或路易斯湖誰較大，但印加湖高二千八百公尺，比路易斯湖高得多。但這天印加湖灰雲覆蓋，沒有藍天，湖水當然不美麗。但我們在路易湖住了一晚，看了黃昏和清晨的景色，當然留下最美好的回憶。

如果時間容許，走一會在湖邊，可能更好。氣溫低，風吹過還是覺得陣陣寒意。人間的美景還是要天意配合。結果在湖邊逗留一會就回頭登車回去。旅遊巴士在駛下彎角時還特地停下來，讓我們走下車，看一看這一段崎嶇的山路，那十九個髮夾彎角。不斷有車子爬上來，也不斷有車子駛下去，真的令人驚心動魄。

來了波蒂略，總算看到智利的壯麗山區。回程是下班的

時分，聖地牙哥的路面不時交通擠塞，我們的旅遊巴士在市內走得慢吞吞。城市就是如此令沮喪。如果可以選擇的話，寧願住在郊外或山上，讓我們多一點呼吸和伸展的空間。

二○二○年三月十五日

從聖地牙哥回家

逐留在聖地牙哥，只有短短四天，因為從秘魯回悉尼的澳航，必須停留於此，於是就多遊一個地方。四天當然不可能充分了解這個住了七百萬人的城市。唯一可以知道的是，聖地牙哥的市中心的確是人山人海，跟香港的尖沙嘴、旺角，或者悉尼市中心的 Town Hall 火車站附近沒有甚麼分別，也可能更多。上班的日子早上人潮湧出湧進地下鐵路車站，出來的人匆匆四散了。行人路上候車的人龍長長，而且有不少流動攤檔售賣小食，所以更覺得擠迫。剛開門營業的店鋪都是咖啡店和快餐之類，大家買了簡單的食物和飲品就趕快離開了。十月是南半球的春天，只覺得微涼，披上薄薄的外衣便足夠，感覺還是不太差。這十多天的南美之行到了尾聲，拜上天所賜，總括來說晴朗的日子多，只有數天陰霾籠罩。選擇了這個季節到來，其實還是要做一些功課，搜索網上的資料。幸好不少人把個人的寶貴經驗分享出來。如果不是資訊流通，選擇了七八月的雨季，就很掃興。

即使黃昏市中心也一樣人潮洶湧。那天從波蒂略回到旅行社的巴士中轉站，差不多六時多了。我們登上另一輛小型

巴士，帶我們往旅館，竟然又遇上交通阻塞。塞車情況似乎是大城市必然的風景，不管你喜歡不喜歡。當巴士經過市中心一些熟悉的建築物時和街道時，看到還要塞上三十分鐘才到旅館，便對司機說，我們希望在這裏下車，徒步走回去。除了多看一些街景，還可以看看有沒有適當的地方進晚餐。結果我們下了車，走了百多步，回頭一看，巴士仍然原地踏步。

下了班，大家都有回家的心情。當然回家路上，不忘買一些食物準備晚餐，也是常態。於是在其中一間大型連鎖超市逛逛，發現其實甚麼東西也有出售，只是新鮮的水果欠奉。放在架上的，只有香蕉像樣，其他的都似乎擺放了好一段日子，顏色淒慘。悉尼的超市水果從不欠奉，因為澳洲是水果出口大國，主要出口橙類和葡萄往中國和香港。說真的，超市日常最普遍的產品，當然是香蕉。看香蕉的零售價格，就知道到底最近水果是豐收還是欠收，有沒有受到天災影響。我們在聖地牙哥看到的香蕉，其實來自美國，形狀長長彎彎的，近似澳洲出產的 Cavendish，不是短而肥那個品種。

在這間超市的對面，有一間鋪面很小的食肆，但門外總是有數個人排隊。店鋪標明是臺灣菜快餐店，跟其他的中餐廳有別。樓下主要是櫃面和廚房，踏上窄窄的樓梯到閣樓，後來有人走下來，才知道有這個小小的樓上的地方作了堂食。櫃枱收銀的是個女孩，在開放式廚房煮食的都是年輕

人。我們看了貼出的廳牌一會，才下定主意叫了外賣雜菜雞飯和三個菜肉包。其中有個答嘴的年輕人竟然跟我們說起廣東話來。聖地牙哥的華人應該不少，但說廣東話的卻是第一次。好奇再問下去，卻不願意說來自那裏。最後他勉強說從委內瑞拉來。但他的廣東話，不像國內的，而多像是港式。但只是不好意思再追問下去了。他鄉遇見說廣東話的人，都好奇地想知道他們是否來自香港。香港的廣東話，反映了香港人的生活和文化，當然有它的特色。可是現存的政治生態，看不到有心保留文化的多元，反而正一步一步摧毀一切，絲毫沒有包容的心胸。

昨天我們在大街上也看見兩間平民式的中菜餐廳。其中一間較大，桌子較多，門口站了一個亞洲臉孔的大漢，樣子黑實，可能是來自國內，但不知道為何店內顧客沒有半個。另外一間小小的，似乎以外賣為主，說是快餐廳可能更適合。店內坐了幾個食客，侍應是兩個年輕的當地女子，自然令人較為安心。我們坐下來，拿着餐牌，看見都是中式的粉麵飯為主，正在不知如何是好之際，櫃枱後廚房一個漢子走出來，用普通話向我們介紹他認為不錯的飯麵，見他那麼熱心，就依他的介紹，叫了每人一碟飯和麵，漢子逕自回店的後面去了。午餐送來，賣相不俗，只是跟一般外面食物的普遍情況近似，飯粒油光閃閃，味道也較重，可能是因為調味下手得重的緣故。但份量足夠，吃得飽。這個漢子不是廚師那麼簡單，可能他是小店的老闆，希望直接向客人介紹他

的拿手好菜，也想給客人一個好印象。不過我們不是甚麼美食家，也不像日本電視片集《孤獨的美食家》的主角，走入大街小巷的小店吃個不亦樂乎。須知道，在電視片集中的所謂寫實，其實是劇本的一部份。你看得投入，是因為劇情合理，角色演出令人滿意。我最有興趣的，反而是最後劇末漫畫原作者久住昌之重溫該集介紹的餐廳的真實環境，以及他一邊喝酒一邊吃的感受。

我最後在聖地牙哥旅店附近的小店買了一張由 Jose Zariz 木笛吹奏的音樂集 CD。裏面有在秘魯經常聽到的《El Condor Pasa》。但我們經常聽到的反而是 Simon and Garfunkel 唱 Paul Simon 作曲的版本。但這首曲是秘魯人 Daniel Alomia Robles 於一九一三年所作，用於同名的音樂劇，並非傳統民謠。Zariz 這張 CD 有十四首曲，首首都很動聽。木管也是南美常見的樂器。他用的是 22 管，比一般的複雜，音色也較為豐富。這家小店，其實出售不少像是盜版和二手的 CD。你看看那些怪怪的封套設計，就知道裏面是甚麼貨色。

從聖地牙哥回家，乘搭澳航，由航空公司系統安排 Premium Economy 的左邊座位，飛行時間十四小時多，比從悉尼飛過來長兩小時。為甚麼？答案是澳航特地飛近南極洲上空，讓你一睹人間最後一片淨土。南極大陸在澳洲下面，一般乘船前往，卻要從南美的國家例如阿根廷出發，不過冬天苦寒，只有夏季可以踏上陸地。但現今旅客人數過多，只

有帶來生態災難。大海上風高浪急，若果你容易暈船浪，的確絕對不好受。如今航機飛近南極洲，下面那片藍天和雪白的大地，令人目眩。不過許多愚蠢自私的人，不會珍惜如此的淨土，只顧自己個人的快樂。踐踏過後，加速它的衰亡。

二〇二〇年三月二十二日

羅馬這地方

　　朋友聽說我們要到意大利旅遊，善意提醒我們要小心看管行李。心想這個朋友真有點奇怪：不是告訴你甚麼地方值得去，甚麼美食值得嘗試，而是告訴你這個地方的治安有多壞，彷彿其他的東西都不重要。仔細一想，原來我們對某些地方早有了既定的印象，腦海中揮之不去總是最好的和最壞的印象。現在找資訊既容易又方便，只要在旅遊前上網做些資料搜集，按最好的建議計劃行程就可以了。雖然旅行中每個人有喜愛看的東西，目的也自然不一樣，但總會採納別人提供的意見，避免遇上最壞的安排，也不想有個不愉快的經驗。

　　既然經朋友這樣提醒，甚麼恐怖的事情都在腦海中繪形繪聲起來。想到要怎樣在事前做好充分準備，才不會輕易失去珍貴的東西。首先替自己的行李的拉鍊扣上加上鎖。在街上走動的時候，背包要放在胸前，更要留意前後左右臉目可疑的人。我曾經想過是否需要仿效以前有個朋友，把現金收藏在身上最隱密的地方。聽說每當他要購物，首先問店員可否借洗手間一用，取出現金付款。現在電子購物太流行了，

而且很多小店根本也沒有洗手間給顧客使用。很想知道這個有趣的朋友是否依舊如斯收藏現金，或是緊貼潮流，改用了電子貨幣？

今次出境悉尼時，智能手機的電訊服務商好像知道我身處機場，可能快要登機了，於是發了一個算不算是 last minute 短訊給我，叫我看看澳洲政府的官方網站 smarttraveller.gov.au，了解一下目的地是否有旅遊警告。既然有此需要，不妨登入一看吧。這個網站上提醒大家，要特別注意的就是目的地是否恐襲的目標。意大利的一般情況還好，還是這一句：提防盜竊，尤其是多人聚集的地方，留意街上的扒手。出外旅遊其實早已和日常生活一樣，充滿危險：甚麼不幸事情也會出乎你意料之外發生，小則失去財物，大則失去性命。所以政府特別也特別叫國民離開一切人群聚集的地方，若有事情發生，更應迅速遠離。想到這裏，等於說，甚麼地方，包括尤其著名的、必看的，也不必去了。如果真的是這樣做，很多依靠旅遊和訪客的經濟活動，就紛紛停止，影響可大了。所以警告歸警告，很多人還是抱着僥倖的心理，不當警告一回事。

果然在羅馬的車站和旅遊景點，都看到不少警察和軍隊，荷槍實彈，這個情形可能比政府的旅遊警告還要嚴重得多。你看不到扒手活動，但你一定看見警察和軍隊。羅馬的確是與別不同。雖然不過是五月，旺季還未開始，但四周已經滿是人，而且他們都是專程到來的訪客，單獨的、一對的

和一群的，前來朝聖，在羅馬噴泉、競技場、廢墟等和梵帝岡城舉起手機和相拍照，大家忙着打卡再打卡。羅馬真是一個熱鬧的的地方，在舊城區，每一條街和小巷都有人進進出出。大家到訪必到景點之外，還有許多東西自己發掘去看。簡單來說，羅馬的每一塊磚、每一塊石頭都有個故事。

景點有軍警駐守，氣氛的確有點緊張起來。我在想，如果沒有收到有關恐襲的情報，軍警就不需要駐守。可能是這樣，感覺治安也好像好了起來。我事前的準備，只是針對小偷扒手。沒有想到現在看到的，都是預防比偷竊更嚴重的罪行。正如政府的呼籲，如果人多聚集的地方有機會發生恐襲，唯一可以做的只有遠離危險。不過如果你從來沒有見過那麼多人，你必須來訪羅馬。你看到他們，他們也看到你。你拍照，他們在其中。他們拍照，你也在其中。

今次的兩天住宿，選擇了在梵帝岡城附近，位於一間數層高公寓的一間小的 B&B（Bed and Breakfast），步行到梵帝岡的距離不過十多分鐘。大城市的市中心住宿較貴，選擇便宜的，有時住客的評分也不會高，一分錢一分貨是有道理，但未必百分之百全對。梵帝岡是一個大景點，附近四周的民居其實有一份寧靜，很少店鋪夾雜在其中。轉角的咖啡店下午四、五時就關門休息了，只有疏落的、一兩間晚間營業的餐廳。這裏沒有甚麼治安的顧慮，因為走在街上有人靠近背後就會引起注意了。沒有景點，當然也看不到軍警駐守。

我在臉書上載了一幅從房間的露臺拍攝對面大廈的照

片，大家都覺得很有趣。這幅照片拍了羅馬民居的一面，原來不是那麼順眼。那些在裝了鐵籠的露臺，令人想起許久以前，一些香港的樓宇的外牆風貌。我們的房間有個小小的露臺。儘管那麼小，卻放置了一張桌子和兩張椅子，給住客在外面喝一杯咖啡。B&B 的主人在每個出租房間門外貼了一張意大利明星的老照片，我們的房間門上貼了蘇菲亞羅蘭（Sophia Laurent）的照片，就叫做「蘇菲亞羅蘭」。我近日在電視上看見她的模樣依然，臉上還好像也沒有過多風霜。唯一我可以肯定的，就是我們房間的露臺容不下她的身段，應該也沒有輕鬆轉身的可能。

二〇一八年五月二十七日

梵帝岡的人潮

　　有朋友說如果到羅馬，沒有到過梵帝岡，就等於完全沒有到過羅馬。你同意嗎？

　　我說梵帝岡是一個獨立的國家啊。到羅馬，可以不到梵帝岡；但梵帝岡位於羅馬市中心的西面。不進入羅馬，就不能到梵帝岡，這個關係真的很微妙。梵帝岡是世界上最小的國家，跟其他的歐盟國家不同，你不需要通過海關，就順利進入它的土地。攔截你的不是邊防執法者，而是不少景點旅遊團的推銷員。他們手上拿着簡單的旅遊行程簡介，見你左顧右盼，就會趨前向你介紹他們公司的精選行程，怎樣可以一次順利遊覽梵帝岡的博物館（Vatican Museum）、西斯汀教堂（Sistine Chapel）和聖彼得大教堂（St Peter's Basilica）。他們有些身上披着寫上導遊的小背心，就像一般寫上 Police 的警察、寫上 Reporter 的記者和寫上 Staff 的工作人員一樣，直接告訴遊客他們的身份，方便任何人向他們發問。這樣做，是否就表示他們就是可靠的導遊？你是否輕易從服飾上分辨這是官方的、還是民間的導遊？他們之間的服務有那些分別？

梵帝岡的總面積約一百畝，邊界約兩英里，但每年有遊客四百多萬名，反而居民只有八百四十人。官方的導遊是否就是其中的一些居民？不得而知，但沒有他們，可能那些雕塑和壁畫，未必能活現它們背後的歷史。不過如果你願意做些功課，了解一些基本資料，也可以勇敢地自己入內參觀，做個精明的導遊，這樣當然不需要聘請導遊帶領或者參加觀賞團。因為沒有甚麼時間的規限，可以看得寫意和仔細。在博物館的入口處永遠有長長的人龍，循最原始的的方法，先到先得，等待入內。一般而言，梵帝岡博物館和西斯汀教堂兩者一氣呵成，是大熱門，永遠有渴望參觀的遊客，一覩為快。但事實上除非你大清早來到，不然等上一兩個小時大有可能。在網上例如梵帝岡的官方網站和其他的當地旅行社，或專門出售旅遊景點入場券或安排交通的小店，都出售叫 Skip the line 的入場門票。Skip the line 的意思是指那些不需要排隊等候的門票，比正常的稍為昂貴。但既然可以合法的省卻輪候的時間，對於從地球另一方到來的遊客，就像經旅行社事先安排一樣，倒是非常合理。

於是我們決定買兩張 Skip the line 的入場券，參加官方觀光團，包括一名導遊帶着我們觀賞博物館。事前在網上用信用卡訂票，列印出門票，按照指示，到了梵帝岡的博物館入口，向警衛出示訂票資料，然後到了接待導遊團的櫃枱前，得知導賞團的名稱，來到集合處。集合處在是幾個電視屏幕的前面，一個小姐向每一名團員派發一個無線接收器，用作

聆聽導遊的沿途介紹。時間一到，一個叫 Maggie 的導遊小姐出現了，叫大家二十多人圍着一個大電視屏幕前面，花了近二十分鐘講解一些梵帝岡的歷史和一些重要的藝術品，也介紹藝術家如米開羅基羅（Michelangelo）、達文西（Leonardo da Vinci）和西斯汀教堂的壁畫的故事。

中學的時候喜歡藝術，並非無故，因為啟蒙的黃炳光老師是中一班主任兼教美術。蠢鈍如我，也看到一些西方藝術史和名畫的故事，尤其是梵帝岡裏的藝術品的書籍。那時候接觸的是臺灣的《雄師美術》和《藝術家》雜誌，打開了通往藝術的大門。走進去，那些經過時光洗禮的藝術家，都是殿堂級的大師。今天回想，是否看到了西方藝術史的全貌？當然不是，只不過看到了一鱗半爪。等於你今天走進梵帝岡的博物館，不要期望你可以完全瞭解那些藝術。但要說，如果沒有好的老師的引導，根本不能對藝術產生興趣。

梵帝岡的博物館的觀光客，不可能每一位都是藝術愛好者，而且每一個導遊集中介紹的東西也不一樣。不過肯定的是，如果他們都盡力介紹那些著名的藝術品，都不是白費的，只要耐心細看，心領神會，自然有所得。所以我反而討厭一些包羅萬有的旅行團，只給你一些自由時間，匆匆完成觀賞博物館，又再趕往別處。你花了些時間拍照，大家在壁畫前面努力爭取做個 selfie，沒有詳細看個清楚，倒是一個遺憾。

五月還不是觀光的高峰期，但梵帝岡的確是朝聖者必到

之處。我無法想像人再多的苦況。當然朝聖者的多少可以通過人潮控制，所以如果博物館內的人數過多，在門外等待進入的人必然更加要多忍耐。大家在參觀博物館的沿途已經看到無數的藝術品，你可以看到一些導賞旅行團停留在某些藝術品前，目的是要讓大家看得更仔細，更清楚。到了西斯汀教堂前，我們的導賞就結束了，因為西斯汀教堂那麼小，大家的聚焦又那麼集中在天花板的壁畫和米開羅基羅最後完成的壁畫「最後的審判」（The Last Judgement），所以不需要多說話。導遊就讓我們留在西斯汀教堂內，對着這幅傑作看個飽。

　　米開羅基羅的全名是 Michelangelo di Lodovico Buonarroti Simoni。米開羅基羅只是他的名，厲害得連姓都沒有人記得起了。西斯汀教堂裏不許拍照，所以大家都駐足細看，大家都盡量減低聲音，讓你知道藝術有種微妙的力量叫你屏息，叫你安靜。米開羅基羅不愧是文藝復興的巨人，你仰首凝視片刻就知道，數百年來的藝術巔峰，依然在那裏。

二〇一八年六月三日

走在佛羅倫斯的街上

跟隨手機上 Google Map 的指示，離開佛羅倫斯的火車站後，向西北步行十多分鐘，應該到達我們投宿的 B&B。不過為了減少使用數據，開了 3G 電訊網絡定了導航的位置後，便關閉了 3G 通訊，讓衛星導航指示我們的方向或步行位置。在手機的地圖上，方向和位置清晰，指示也很明確，而且時間那麼短，按理應該是一個非常容易的路程。

火車站是一座矮矮的現代化建築物，遠看絕對不古典，不過它提供了一個相當實用的功能，但你絕對不會由此聯想到從火車站開始步行，會逐漸走入歷史古城佛羅倫斯。佛羅倫斯是中世紀意大利的首都，文藝復興的誕生地，地位有如希臘的雅典。這個叫 Santa Maria Novella 的火車站建於上世紀三十年代，是意大利現代主義的建築物，名稱取自火車站廣場另一端的教堂，月臺有十九個，每日進出達十六萬人次。火車站內有間書店，規模不算大，但面積比較其他服飾和快餐店都闊落，都算可觀。雖然我看不懂意大利文，但看到購書的人不少，有一定的讀書氣息，的確為這幢建築物帶來一絲文化氣息。

火車站外的修路工程令徒步有點艱難，但可能比乘坐甚麼其他的交通工具好。因為數碼地圖顯示步行往古城市的方向，根本是一件非常容易的事情，佛羅倫斯大教堂的大圓頂遠遠可見。一個城市的中心多是火車總站，圍繞着它都是紀念品商店和便宜的旅館。川流不息的人令人只想到逃避，儘快從它取道往心中的至愛所在。佛羅倫斯的火車站裏的人潮不如羅馬。你剛下車，就想到古城近在咫尺之遙。即使旅客中心就在附近，也不必進內駐足停留太久。我們走進去，好像沒有甚麼地圖可任意取用。轉了一圈，便出來繼續走。門前幾個人還站在那裏，手中執着一個叫人相信某種信仰的紙板，沒有趨前向你推薦的意思。既然如此，就且拉着行李前行，想起大家近日掛在嘴邊的潮流用語：佛系。對，到任何地方，你都可以作佛系旅遊。其實佛系不就是隨意的態度嗎？

隨着人潮的方向前進，佛羅倫斯大教堂就在眼前，原來就在途中必經之處。這個地圖的步行指示，好像叫我們走進佛羅倫斯最繁忙的中心，欣賞一些最值得觀賞的地方。不過看到排隊進入大教堂長長的人龍，就知道甚麼叫做等待，大概沒有半小時是不可能的。抬頭一看，那宏偉的圓頂更是大家要征服的山峰。這所大教堂的確非常特別，外端的牆壁全是灰白的雲石。這所大教堂建於十三世紀，完成於一四三六年，你想想究竟建造這個幾乎完美的聖殿要經過多少個十年，多少個工匠？然後到了今天，維修它又需要多少的金錢

和時間。歲月無聲在牆壁上留下痕跡。大教堂的一面外牆，給圍了起來，相信很快就會完成翻新，恢復它的本來的美貌。

佛羅倫斯的古城，尤其是大教堂一帶，部份是行人專用區，大家都可以隨便走動，或坐在路旁進餐或喝酒。但要給大教堂拍攝一個全貌，真是一個大考驗。廣角鏡頭下當然可以涵蓋全景，但兩端變形，只能說是強差人意。後來還是發現，走進一些街道中央，兩旁古老的建築物襯托下，大教堂才變得有種不凡的氣勢。也才逐漸發現，佛羅倫斯有那麼多的教堂，有些在這端，有些在那端。走到街的中央看得見，走到狹小的行人道上，卻又霎時不見了。我在拍照的時候想，大家在街上穿梭來回，除了找尋店鋪購物外，是否在找尋一所不知名的教堂，或者拍攝一些特別的建築物？難怪大街永遠有人走遍。經過小巷，望進去，又碰巧看見有人推開門出來。

忽然想到，如果讓我為倫羅倫斯拍一段短短的錄像，倒不如拍攝一個旅客，日間和晚上在大街小巷不斷來回行走，從另外一個角度留下這個古城的印象。想起有人戲謔說王家衛的《花樣年華》不過是寫一部男女主角的不斷步行的電影。的確，令你着迷的是那一幕又一幕的步行，梯級的上落，偶爾的相遇。熟悉的音樂一旦響起，又是一幕步行的開始。但我想像不到用甚麼音樂來做走在佛羅倫斯街上這個錄像的背景，因為我對這個城市認識得那麼少。我倒是想起啟發《花樣年華》的劉以鬯先生。據說原來他去世前還很喜歡每天花

數小時逛商場，也喜歡逛街留心四周的事物。感謝當年劉先生知遇，發表我的稚作。六月八日下午劉先生不幸逝世，恐怕再沒有人如此寫香港了。但他寫下的娛人的「流行」小說，原來真實的記錄了如此多的香港人的日常生活面貌。

那天向前走着走着，原來 B&B 的主人早站在街上，等候我們和另一個旅客的到來。只不過走了十多分鐘，已經覺得這個城市有許多值得走遍的地方。這間 B&B 佔了這幢古舊樓房的其中一層，但房間整潔，一點舊的味道也沒有，登記處更像一個典雅的書房。佛羅倫斯果然有它的新與舊。要認識這個城市，應該走進大街，也應該流連小巷，用眼睛去看那些微妙的變化。歷史從來不及記載，那些複雜的世情，原來都在頃刻的相遇中。

二〇一八年六月十日

翡冷翠

　　旅店的主人引領我們到了入住登記處，其實就是一個小房間。正中放了一張桌子，桌子上放置了手提電腦，旁邊一個小盆栽花，另一端有一支枱燈，枱前有兩張椅子，好像一個上司接見下屬的擺設，不像略有規模酒店，有一個像樣的櫃枱，後面有一個穿着得體的年輕人掛着笑臉。當然我們確是來投宿的客人，關心的不是接待處的嘴臉，而是房間的質素。不過這是間 B&B，整體設計當然是帶給你一種家庭式的舒適和親切，店主人的態度很重要。由地下走上一樓，他已經很有經驗的把旅店的情況介紹得一清二楚了。跟我們同時間入住有另一對夫婦，店主人熟悉的登記他們的資料，接着帶他們到房間，所以叫我們稍等一下。到我們的時候，進入登記處，才看清楚這是一個很別緻的房間，因為房間內有個狹小的閣樓，桌子旁的樓梯通往上層去，上面有張小小的桌子、椅子和書櫃。書櫃的門打開了，看到很多檔案夾，想不通究竟作甚麼用途，可能收藏了許多住客的資料吧。不過令人留下了很深刻的印象。

　　店主人取了我們的個人資料，付了兩天房租，然後告訴

我們早餐的安排。早餐就安排在附近的另外一間餐廳。我們手持兩張餐券，上面寫了早餐的食物和飲品。如果我們想另作安排，改吃晚餐，一天兩份的早餐券就當作六歐羅使用。原來這早餐的安排有如此的彈性，也是好事。不過就跟 B&B 的原來意思有點不同。記憶中，住過最好的 B&B 在新西蘭的某個小鎮。除了樓上房間整潔，進食早餐時樓下的飯廳布置得色香味俱全，店主人特別調製富有營養的麥片，混合了不同的果仁和水果乾，加入鮮奶後，麥片的味道跟超市的任何包裝麥片的口味零舍不同。事後曾經嘗試模仿，結果總是強差人意。頓時覺得，要做到好的 B&B，原來簡單的早餐已經令人回味再三。那樣特別的滋味，說不出從哪裏來，但絕對不是從那些超市買來的食物可比。

這間佛羅倫斯的 B&B 的主人世故，也很擅長交際。他的英文說得很不錯，接着又跟我們說起他家族經營的餐廳，就在附近，沿用差不多的相似名字。如果我們有興趣找地方吃晚飯，可以一試。我們當然道謝，因為還沒有甚麼計劃，就且看看我們下午到傍晚的行程如下再作打算。我們問他怎樣走遍這個地方，他立刻掏出一幅地圖，在上面畫了四個交叉，然後一圈把它們連結起來，說這個圖圈，就是佛羅倫斯古城的位置，我們住的 B&B 也在城中。怪不得古城中有那麼多行人專用區，原來都是為讓旅客走步行得更方便。不過如果你是居民，還是可以穿越這些街道。我們看到街道中央圓柱狀的路障，都可以自動升降讓車子駛入。不過你是旅客，

翡冷翠

就千萬不要把車子駛入城中。我的朋友曾經誤闖禁地，結果要支付高昂的罰款。至於租車公司的辦事處，都在古城區之外。大城市的道路有如迷宮，就算有衛星導航，也不定能夠順利穿梭。我們不懂意大利文，對指示牌上的字眼更感到非常陌生。

既然古城有一定的範圍，我們就讓直覺帶領我們，以佛羅倫斯大教堂為中心，穿越大街小巷。不過類似大教堂的圓頂，不止一個。當我們以為它就在前面，卻原來是另一個教堂，方向完全不對。這個圓頂的建築物正在維修當中，門外有軍警把守，只能遠遠拍一張照，其餘的資料欠奉。走進一個廣場，原來又是一個教堂景點，沒有那麼雄偉，但大家坐在椅子上休息一下，旁邊有等候巴士的人龍。我們坐了一會又再走入一條街道，這一次我們走到佛羅倫斯美術學院畫廊（Galleria dell'Accademia）附近，在門前排隊進內的人龍並不短。一看牆上的海報，才知道米開朗基羅的雕像傑作「大衛像」就在裏面。

「大衛像」高五點一七米，有兩尊在佛羅倫斯。真品在美術學院畫廊，複製品在市政廳大門前。複製免費，但大眾寧願付款看真品。大衛像引起爭議，因為不止是裸露，而且裸露了性器官。一九九四年香港淫褻物品審裁處把大衛像列為不雅，理由正是如此。雖然高等法院及後推翻有關裁決，但引起廣泛討論，並非奇怪，相信當時的社會上也有強烈的爭議。唯一可以証明的是，現今人類的思維並不比文藝復興的

人更開明和理智。米開朗基羅用藝術跟世人開玩笑。在梵帝岡的壁畫「最後的審判」把自己的形象也繪了上去,「大衛像」的裸體形象既展示了肌肉的美,但也挑戰了大家的視覺。

事實上,如果大家用心細看「大衛像」的男性生殖器和全身的比例,倒會覺得它小。滿腦子假道學的人其實道德淪亡,被狹隘的思想蒙蔽,只想到淫藝不雅,而不求真理,無怪乎不太願意追尋真相。可是不少人奇怪古羅馬和希臘的男性雕塑的生殖器那麼小,因而在網上提問。有個關於藝術歷史的網站 How to Talk About Art History 解答,引用了許多同時代的塑像圖片作比較,發現真的有如此相同的現象。這個「小」絕非偶然,提問者也並非愚蠢。古希臘羅馬塑像中的男性生殖器的尺寸太小,原來關乎小生殖器代表理智和充滿智慧,影響了不少後來的作品爭相倣效。相反大生殖器的男性代表愚蠢、縱慾和醜陋,或者充滿獸性。古希臘的塑像的構成沿用均衡和理想主義的原則,巨大生殖器太誇張,也不合乎比例,當然不受歡迎。

那麼「大衛像」的大衛的男性生殖器除了小,還有甚麼有問題?大家一直以為那麼小,是因為米開朗基羅不過是受了古希臘藝術作品思想的影響。二〇〇五年兩位佛羅倫斯的醫生最表了一份報告,為「大衛像」的小生殖器提供了另外一個解釋:「大衛像」的形象忠實地反映了大衛面對巨人歌利亞(Gloiath)時的恐懼。心生恐懼,受驚之下生殖器頓然萎縮,是自然的反應。如果從正面看大衛的表情,正好顯

示他面對強敵，流露惶恐之色。兩位醫生的結論表示米開朗基羅不愧是大藝術家，他的大衛表現了肢體每一部份對強敵時的恐懼和緊張。這微妙的生理反應，也顯示在男性生殖器萎縮那一刻，而且恰到好處。

　　一天之將盡，結果沒有想過要進入美術學院看真的「大衛像」。隨意步行，總是看不完佛羅倫斯這古城，也不知道要如何走下去。徐志摩叫佛羅倫斯做翡冷翠，傳神地音譯意譯了意大利原文 Firenze。有多少人看過他的詩〈翡冷翠的一夜〉也許不重要了。有了如此曠世美麗的名字，任何人只要想到偶爾浪漫一下，必然要到此一遊吧。

二〇一八年六月十七日

佛羅倫斯的吃

　　根據我的運動手錶顯示，黃昏時總結是日我在佛羅倫斯的街頭來回走了近二十一公里，平均每一公里用了十二分鐘左右。網上許多資料都說成人平均一小時步行五公里，証明我的步速剛好，不快也不慢，徐疾有致，既有機會滿足瀏覽風光之餘，也有時間給我稍微歇息一下。如果要我做好一個隨意抓拍的攝影愛好者，除了一雙眼睛外，我只需要一張地圖和雙腿。地圖給我指示方向和景點的參考位置，雙腿當然要給我無限的支持，在一天光源充足的時間，容許我喜歡到哪裏，就帶我到哪裏。古城範圍之內，除了教堂，最多當然還是吃東西的地方。說到底，遊人走得倦了，停下來找個地方歇腳，喝一杯咖啡，或者吃意大利著名的雪糕（gelato），都是頗為寫意的選擇，錯不了。

　　肉眼可見，意大利的一般咖啡是一小杯。平凡的咖啡，濃縮得在那匆匆的一口，全部精華在那裏，完全不像悉尼的咖啡店那些標準咖啡的杯子。至於沖咖啡的鮮奶，更無特別的選擇。走進咖啡店，叫一杯咖啡，侍應用肯定的語氣說：一概只有全脂奶，並無其他種類。猛然想起，只有澳洲的咖

啡店，向顧客提供如此多沖咖啡的奶類選擇：全脂、低脂和脫脂。低脂奶也有 low fat 和 lite 之分。有些咖啡店更有荳奶提供，總之就是顧客至上。是否因為澳洲人過胖，所以一小杯的咖啡也講求奶中的脂肪成份，有待商榷。但全脂牛奶有百分之三點八奶脂，脫脂牛奶低至百分之零點一五。在意大利人眼中，澳洲人喝咖啡實在有點過分，更有點吹毛求疵。沖一杯咖啡不用全脂牛奶，意大利人受不了，因為可能已經沒有引發出咖啡那種香氣，也帶不出那種幼滑的口感。

我甚少喝咖啡，叫一杯奶茶吧。但你必須說個清楚，因為除了英國人喝紅茶加奶和糖之外，歐洲人普遍喝茶都只是加沸水，如果你提出加一片檸檬，還是可以。所以紅茶加奶並不是當然。倫羅倫斯酒店的房間內有幾種紅茶茶包供應，但沒有鮮奶提供，理由正是如此。不過喝加奶的紅茶，味道還算不錯，但加上全脂牛奶，那種奶脂的味道還是令人覺得有種說不出的膩。後來想到轉而加荳奶，反而有種意想不到的荳香。但這種喝紅茶的方法，在家中還可以。出外旅遊，在意大利的咖啡店，要荳奶沖紅茶，還是始終沒有勇氣向侍應說出口。所以今次就要了檸檬片，加進茶中就變成一杯檸檬茶。喝了一口下肚，還算舒服。

佛羅倫斯的咖啡店，好像跟悉尼不一樣，不是純粹售賣咖啡和糕餅。我們走進一間所謂咖啡店，原來它又是一間多元化店子，最外端賣煙，中間售賣咖啡餅食，內端提供酒精飲料。它好像是咖啡店加小酒館的混合體：有人叫咖啡，有

人叫了一小杯烈酒，也有人排隊買煙。顧客就隨便找張椅子坐下來，大家都聚在一起閒聊，喝完了吃罷了就離開。這樣的店可以從早上營業到午夜。它們不叫餐廳，也不是咖啡館。

意大利雪糕 gelato 正式的中譯叫冰琪淋，但我還是愛叫它做雪糕。佛羅倫斯的日間氣溫高達攝氏二十七度，陽光照得很猛烈。喝完清水，口淡淡，看到街上許多人吃得那麼開心，於再買了一杯雪糕來解暑。看見櫃裏那麼多種味道，隨便挑了兩種，拿着杯子坐在店內慢慢品嚐。它的味道還不錯，沒有那麼香滑，也沒有期望中那種驚喜，吃進肚子裏帶點爽涼就是了。是我們選擇了太普通的味道？還是我們用自己的尺去衡量他人的標準？抑或是這不是最好的店？吃罷了再往前行，途中遇上不少的雪糕店，結果都沒有再試下去了。

到了接近黃昏，自然想到晚餐。旅遊中主要花時間在看，吃的反而變得次要，而且想到花在吃的價錢不要太昂貴。途中經過一間中餐館，價錢相當便宜，每一碟的飯或麵不過五歐羅，但心中想到在悉尼已經不是經常進中餐嗎？想起我們有個朋友外出旅遊，沒有中餐不成。不過華人遍佈全球，十多年前在塔斯馬尼亞的偏遠小鎮，竟然遇上一個香港人開的小餐廳，簡直意外中的意外。今次想了一會，就決定選擇找別的東西吃。意大利最平凡的美食是甚麼？就是薄餅（pizza）。

悉尼的薄餅市場，差不多全給 Domino's 佔據了。Domino's 的薄餅餅身過厚味道偏鹹，實在是口味過重，偶爾吃無妨，

多吃無益，有損健康。朋友知道我們在佛羅倫斯找地道東西吃，提議我們不如試試薄餅。我們走進早上吃過早餐的餐廳，趁未多顧客之時，叫了一個火腿配草菇薄餅，只是七歐羅。打開盒子，薄餅還是熱烘烘，衝進鼻子的不是濃厚的芝士味道，反而是淡淡的火腿香味，更沒有燻焦的味道。薄餅皮薄，趁熱輕輕撕開放進口中。一個薄餅足夠一個人吃，當然吃得非常開心。世上有如此簡單如此平民化的美食，半點也沒有失望，確是值得推薦。

二〇一八年六月二十四日

老橋

　　據說佛羅倫斯最佳景點之一是老橋（Ponte Vecchio）。老橋連接阿諾河（Arno River）兩岸。佛羅倫斯的古城就在橋的北岸。到訪佛羅倫斯，為甚麼要看一看老橋呢？

　　公元前五十九年羅馬名將凱薩於在此建立了殖民地，就是佛羅倫斯的起源。佛羅倫斯最初以羊毛織物交易出名。不錯，你一定想到那些在大街上著名的品牌店鋪。從十三世紀開始，聰明的佛羅倫斯人把賺到的錢借給王室和諸侯，而鑄造的金幣也成為歐洲最流通的貨幣。因此佛羅倫斯逐漸變成為歐洲金融的首府，像今日紐約的華爾街。阿諾河的南北兩岸最短距離之處，蓋了老橋連接。老橋於一三三三年毀於洪水，一三五〇年重建至今。今天如果你在橋上走過，實在不知道它為甚麼那麼著名。十三世紀時老橋上開的是皮革和肉店。可以想像這兩種店鋪發出的味道，自然是惡臭。二次大戰時希特拉從橋上走過，對抗他的游擊隊也從橋上走過，如今帶着遊客的導遊執着小旗，也說着類似的故事。現在橋上兩旁都是寶石店、皮革店和禮品店。遊客悠閒的在橋上散步，忙着拍照作個回憶，有多少人還理會它古老的歷史。

從古城過老橋到城南，看到遊客逐漸稀少，想到必定是和景點的多少有關。不過要看佛羅倫斯全景，就不可以不到南岸米開朗基羅廣場（Piazzale Michelangelo）。下了老橋向左拐，沿着河邊走，就會看到指示，教你如何登山。說是山，其實並不對，只是個小丘。走了百多級向上的樓梯，就登上廣場。這個廣場容許多輛私家車和觀光巴士停泊，就是為了讓你一覽佛羅倫斯而設，即使你匆匆趕路，沒有打算在這古城停留片刻。如果你參加一個意大利全國旅行團，要在那麼多大城市和景點之間取捨，的確有些頭痛。所以如果不入古城，在這裏遠眺一下，叫做望梅止渴，實在是個尚可的安排，雖然不遊倫羅倫斯是個罪過。廣場並無遮蔽陽光的休悠處，你可以找到一張石櫈，安坐片刻，也可聽聽街頭音樂家的免費表演。但陽光如此猛烈，實在是考驗你的忍耐力。如果是旅遊旺季的七月八月，氣溫高張，在暴曬下，可能半點欣賞的心情也沒有了。

從米開朗基羅廣場走下來，可以沿着馬路，也有另一端的下山的行人梯級，從容不迫的走回古城。靠近古城，連接南北兩岸，還有其餘三條橋，也是兼容車輛和行人行走。只有老橋是行人專用區，所以不必奇怪為甚麼橋上那麼多遊人。老實說，大家都明白遊客專區的店鋪都是如此這般，除非是爭分奪秒要購買，否則你會多走幾步，去比較一下不同的價錢。當然如果你是購物狂，尚可一遊老橋附近的南岸的街道和店鋪。在南岸的店鋪畢竟沒有北岸古城那端多，但行

人路比想像中狹窄，要走入店才可看清楚究竟。走到另一條橋上，又可以走回北岸的古城，順便停下來，從另一個角度，遠眺一下老橋。

其實我並不太喜歡老橋的外觀，因為橋上的店鋪相連，像是一個堡壘的外牆。查看一些資料，中世紀時代，老橋曾經有四座高樓設有炮臺，每一端有兩座，用作攻擊從河上入侵的敵人。不過現存只有一個僅存，但外觀上已經和以前大不相同。其餘三道橋，軍事作用沒有那麼高，所以沒有像老橋那樣設計。但二次大戰時意大利獨裁者墨索里尼為了歡迎盟友希特拉於一九三八年五月九日的到訪，在老橋上的中央位置加建了瓦薩里走廊（Vasari Corridor），給希特拉飽覽佛羅倫斯的景色。當然歷史上獨裁者都不得人心。大戰末期，盟軍反攻，德軍為了阻止盟軍進迫，下令炸毀其餘三道連接南北兩岸的橋樑。奇怪希特拉只下令炸毀老橋兩端的樓房，用瓦礫阻塞街道，卻沒有毀損老橋。

在老橋附近的商店街坐下，碰巧遇見一個從以色列來的猶太人，看樣子比我大十多歲。妻子在店裏購物，他自己趁機會稍為休息，讓她瘋狂一下。他看一看我手中的相機，是徠卡嗎？他問。我說是的，是數碼型號。他說他的叔父有徠卡的菲林型號，現在仍然操作正常，還用它拍下很多美麗的照片。我很想問：德國納粹黨大戰時不是殺了許多猶太人嗎？為甚麼會用徠卡相機？話到嘴邊卻止住了。這樣直接的問一個路上偶遇的人可能有點不妥當。想想這個猶太人可能

也會問我：日本侵華時殺害了許多中國人，為甚麼我們還用日本製的相機和家電，還那麼多喜歡到日本旅遊？我的朋友之中，有人真的因為日本人在中國的暴行，仍不願意踏足日本。

這個猶太人和我說了幾句，然後就走去找他的妻子了。我們繼續在老橋附近的地方散步，在一條小街上，竟然遇上徠卡相機在佛羅倫斯的專門店。店內只有兩個職員，見我們進來，當然很歡迎，因為相信每日進來的人不會很多。其實徠卡相機和鏡頭那麼昂貴，我其實並沒有加添一些配件的意思，不過裝着很有興趣詢問新產品的消息，和試用一些出色的鏡頭。帶着滿足的心情離開時，想起歷史上在此地留下的種種惡行，總是不能忘記。但可悲的是同樣的歷史不斷重複。今天的獨裁者，是誰令他們那麼囂張，不可一世？

二〇一八年七月一日

多洛米蒂

　　來意大利旅行，一是想到購物，二是想到吃，三是參觀博物館藝術館。意大利的時裝那麼有名，和意大利人血液裏的藝術細胞不無關係。但意大利人的優美骨骼絕對來自上帝，因為跟肥胖沒有半點緣分。澳洲人的身型體積應該是他們的兩倍。好看的意大利男女的臉孔像許多著名的雕像，眼耳口鼻各有姿態，輪廓分明，不妨試想想米開朗基羅從大理石雕刻出來的大衛像和聖母瑪利亞。大衛像有腹肌，但不會變成筋肉人；瑪利亞臉孔祥和，美麗得來大方。今天在路上看到的意大利人男子，普遍身材適中，絕不高頭大馬，女子也體態自然，也絕不誇張。難怪香港的許多商場的服裝店的東主，遠道而來，購買些意大利時裝，回去可能就可以高價出售，因為尺碼跟愛纖瘦的香港女子不謀而合。如果你願意親自來到意大利，除了吃喝玩樂，當然不會空手而回。

　　購物要往大城市，例如米蘭（Milan）。但朋友說南部的地方食物有水準，保証不會失望。但意大利不是小國，短短兩週的行程實在非常急促。我們發現第四個旅遊意大利的理由，就是到訪它的山區。匆匆探訪了羅馬和佛羅倫斯，下一

多洛米蒂

125

站便是東北角的多洛米蒂山區（Dolomites）。多洛米蒂在二〇〇九年被聯合國教育科學文化組織列為世界文化遺產。它的名稱來自法國礦物學家德奧達‧格拉特‧德‧多洛米厄（Deodat Gratet de Dolomieu）。他看到這些山峰積雪的山脈，就叫它們做白雲石（dolomite）。意大利文 Domoliti 就是指這一帶近奧地利的山脈。最高的山峰叫馬爾莫拉達（Marmolada），海拔三三四三公尺；最矮的山峰 Cima di Posta，也高二二三五公尺。多洛米蒂的冬季自然是滑雪愛好者的天堂，但一年四季也是攀山、登山遠足和踏單車者的樂園。每年七月的第一個星期，多洛米蒂舉行一天的單車賽，讓參賽者穿越山與山之間的關口。

我們在博爾札諾（Bolzano）取車，因為這裏距離多洛米蒂最接近。從這裏取道高速公路往北，再經小路到一家在富內斯（Funes）山區的農莊投宿。意大利的私家車是左軚盤，跟香港和澳洲的駕駛習慣不一樣。租車公司的職員說在停車場出來轉左，可是手上開着的谷歌（Google）的手機地圖叫我們轉右。想到等一會兒還是要跟着谷歌地圖，所以就跟它的指示右轉，可是當你離開了原本的路線，稍作越軌的時候，谷歌的地圖便脾氣發作，默不作聲。在附近左轉右轉了好一會，始終找不到高速公路的入口，看到一個加油站，便停下來問路，幸好在油站內遇上一個駕着名車的大漢，一聲不響叫我們跟着他的車子前進。這個意大利人還不時慢駛下來等我們可以追上他的車子。在高速公路他往南下，我們朝

北上，一個多小時後終於到達山區。

　　本來很擔心陌生人，但若不是這個好心人相助，恐怕還要在博爾札諾的市內團團轉，不知道要花多少時間才走出城市的迷宮。

　　我們腦海中總對美麗的景色有很根深蒂固的印象。例如說到歐洲的漂亮山脈，一定要以瑞士為標準。多洛米蒂跟瑞士的山區比較，有相似，也有分別。彼此山區的山脊和地勢都很相似，但多洛米蒂的農莊房子顯然沒有瑞士那邊那麼講究，較為少修飾。其實房子的外觀跟屋主愛惜自己房子態度很有關係，那次初夏到訪愛爾蘭，看到很多屋主趁着天氣良好的時候，重新粉飾房子的外牆，果然另有一番新景象。但在多洛米蒂的山區中，富內斯不是主要旅遊景點，所以房子沒有太多的粉飾，跟一個普通村落一樣，但其實有它的獨特而自然的個性。

　　多洛米蒂的位置靠近奧地利，駕車繼續東往，經過幾個小鎮，再越過邊界，就會來到奧地利中世紀小鎮利恩茨（Lienz）。所以在多洛米蒂山區投宿的農莊，主人能操流利的德語；在鎮上的小酒館，店主也會說德語，也有可能他們從奧地利過來做生意。富內斯山區內，我們投宿的農莊其實位於聖馬達萊娜（St Maddalena）山谷，位於多洛米蒂西部。這間農莊位於山坡上，只有位於樓上的三個房間出租。它屬於 B&B 的安排，最好就是包括早餐，不然就要清早駕車往鎮上。這間 B&B 的主人真正忙於農莊工作，把房間鑰匙交給我

們，簡單介紹一番後，更消失於工作間了。

到訪富內斯山區的人，大多數會投宿在奧蒂塞伊（Ortisei）和聖克里斯蒂娜（St Christina）兩鎮。它們有購物區，也有咖啡館、餐廳和小型超市。聖馬達萊娜山谷的旅遊設施寥寥可數，但山谷中的某個私人田野之中，聳立一間小型教堂，據說是多洛米蒂山區中最多人拍攝的教堂。

這間叫聖約翰教堂位於 Ranui 莊園的一部份，所以全名叫 St Johann Church in Ranui，建於一七四四年，是巴洛克風格的建築物。初夏之際，看到小教堂位於翠綠田野間，背後是 Fuchetta 和 Sass Rigais 兩座大山峰。拍攝教堂的最佳角度竟是在公路旁。但你可以從小路走入田野，近距離看看它的姿勢。論氣勢，小聖約翰教堂的確無法與羅馬或佛羅倫斯的大教堂相比。但小不一定輸給大，世事也不一定如此看。你站在它的前面，默然相望，在這一刻的感動中，頓覺它超凡入聖，恍如離開塵世。

二○一八年七月八日

山中方四日

　　多洛米蒂山區的範圍，由南到北，由東到西，大概有
十四萬畝。我不曉得有多大的面積。地圖上，多洛米蒂的北
端的意大利邊界連接法國、瑞士和奧地利，東端是斯洛文尼
亞（Solvenia）。斯洛文尼亞的南面是本屆世界杯足球賽屢
創奇蹟的克羅地亞（Croatia）。我手上在佛羅倫斯火車站購
買的地圖，叫《從特倫蒂諾到南蒂羅爾》（Trentino - South
Tyrol）。四四方方的範圍，西南方也涵蓋了意大利北部的大
湖加爾達湖（Lake Garda）。湖在意大利文叫 Lago，所以加
爾達湖的意大利文就叫 Lago di Garda。但今次我們沒有打算
去，因為取車的大城市博爾札諾（Bolzano）位於加爾達湖以
北，要直接往東北方的多洛米蒂山區，沒有理由回頭往南去
看加爾達湖，而且多洛米蒂也有很多小湖。小湖泊有時比大
湖泊好看。湖泊是否美，關係於地理位置和陽光。

　　從佛羅倫斯往博爾札諾，在另一個市東的火車站乘搭早
發的火車二等座，要花三小時半的車程。火車誤點，中途
開開停停，遲到了博爾札諾九分鐘。真的是令人奇怪。火車
應該是最準時的交通工具，而且我們現在應用的時分秒的時

山中方四日

129

計，應該是火車行走後才有的設備。誤點如果變成常態，會嚴重影響接駁到另一個交通工具。網上有很多人計算悉尼火車的準時率，方法五花八門，結果官方公布的結果顯示，準時率真是強差人意，尤其往市郊的，誤點更是常態。不過出門旅遊，時間不會計算得那麼準確，要有一份悠閒的心情，才能在旅遊中享受到一點與日常生活不一樣的節奏。所以即使火車誤點那麼多，就不斤斤計較了。意大利初夏的陽光要接近晚上八時才收斂，不用看錶，只看放晴的陽光，就知道一天的行程是否到了盡頭。

為甚麼要租車往多洛米蒂山區？來往山區的小鎮，有當地的火車和巴士，但一般的旅客，帶着笨重的行李，上落火車和巴士，還是租一輛私家車較為方便，可以隨意在路邊停下來，休息一下或拍照，也不會受時間表限制。第一天到達的聖馬達萊娜山谷，就看到不時有巴士走在山路上，幾個小孩下車來，看來是下課回家的學生；也有背包客坐在巴士站亭裏面候車。在多洛米蒂山區徒步旅行，如果也有在山徑過幾個夜晚的準備，便是最便宜的旅遊方式。厚厚的背包裏，藏着不一般的個人物品，走在山徑上，從這一個山峰到另一個山峰，離天那麼近，離地平線那麼遠。山區日間陰晴不定，氣候變幻莫測。夜間氣溫定必更冷。在山頭搭起的帳篷裏過一個晚上，會否看到閃爍的星星？但這樣的不一般的、與天地如此接近的旅遊，看來不屬於我們了。

租車的好處是可以在天氣好的一天，從清早到傍晚，匆

匆遊遍所有網上大家提議的景點。山谷天氣預報指出，有四天晴朗的日子，但從第五天開始，雨帶就會覆蓋我們打算旅遊的地區。試想想即使駕駛車子在山路間縱橫馳騁，遇上豪雨，打在擋風玻璃上，甚麼景色也看不見了。山間也沒有避雨之所，風雲變色之際，只能希望有片刻的寧靜，走出車外看風景。幸好在這數天之中，晴朗天氣持續，只在最後一天返回投宿的地方途中，在 Misurina 湖附近，遇上一場大雨。正如在預料之中，大家都趕着避雨。我們坐在車子中，想到是否再往參觀另外一個湖。但下雨後，看來不容易徒步走在濕滑的路上了。

　　山區的景點，數之不盡，但大家都很希望遍遊那些湖泊和山間的通道（Passes）。從住宿的聖馬達萊娜山谷出發沿公路駛往東，途中就會看到指示沿小路往南入山，經過十分鐘的車程，你就會看到號稱多洛米蒂山區最美的湖泊 Lago di Braies，德文叫 Pragser Wildsee。湖位於海拔一千四百九十六公尺，水深只有三十六公尺，湖水碧綠，背後的山峰被皚皚白雪覆蓋。湖邊有大型停車場，湖的前端也有一座酒店。如果想好好沿湖邊走一趟，租小艇划到湖中，或是登山看風景，可以考慮在此投宿一晚。但多洛米蒂的美麗的湖泊豈止一個。沿公路往東，到達小鎮多比亞科（Dobbiaco），往南駛入山區到另一小鎮科爾蒂納（Cortina）途中，尚會經過三個美不勝收的湖泊：多比亞科湖（Lake Dobbacio）、Landro 湖（Lago di Landro，德文 Durrensee）和 Misurina 湖（Lago di Misurina）。這個三湖泊，其實在晴朗或陰霾的天氣中，都各有值得留下駐足的地方。

當然在晴朗的天氣中，藍天白雲，湖水背後的山峰頂的白雪還是那麼耀眼。最理想還是可以能夠看到波平如鏡，整個雪嶺的倒影都在水中。毫無疑問，這是最理想的一刻了。不過即使在陰天的日子，如果湖面平靜，倒影也會如此令人神往。人生的遭遇或許就是如此簡單：有晴無晴，或圓或缺。

小時候讀過這個故事：晉朝樵夫王質入山採樵，見二童子對奕，局終，童子說王質的斧木柄已腐朽了。王質下山回家，才發現自己已有百歲。這故事後來演變成為「山中方七日，世上已千年」了。真相是否如此，毫不重要，因為故事的意思往往別有所指，主角也並非真實。不過倒是覺得多洛米蒂山區中風景無數，四天中只看湖泊，已令人覺得流連忘返，再登高峰，更覺俗氣全消。如此良辰美景，如果不趁着雙腿走得動之時到來，就怕將來沒有力氣再到處走走，欣賞美麗的湖景山色。

二〇一八年七月二十三日

最美麗的湖

　　朋友說，到意大利，不買些名牌服飾回來，不是有點可惜嗎？也許他對。看來我真的不懂得甚麼叫旅遊，就算到了一個景點，沒有做一些想當然旳事，就可能就不屬於眾人心目中的旅行。所以到了多洛米蒂，在山野之間傲遊，非常輕鬆寫意，除了駕駛着左軑的車子外，感覺其實很不像旅行。我們這次在網上租的一部自動排檔的車子，在意大利似乎是屬於特別的要求，價錢也較貴。到了取車的時候，租車公司職員也弄錯了我們原先的要求，到了問個究竟，她才不好意思更換，說給你一部混合燃料的車子。她問：駕駛過這種車子嗎？我說沒有。她說車子很寧靜的。到了地下停車場取車，才發現這是一部豐田的小車 Yaris Hybrid，看來剛交還，因為車廂內還有糖果包裝紙碎。車尾的玻璃窗上貼着「法國製造」。可能車牌也顯示法國的，難怪在山區路上有人以為我們把車子從法國一路開過來。不過其實看路上的駕駛者的車牌國家簡寫，多來的恐怕是從邊界輕鬆開車過來的德國人或奧地利人。

　　以前曾經在愛爾蘭旅遊，開過一部豐田 Corolla，看它樣

子車齡不小。一般租車公司的車子都很新，絕少行走到五至六萬公里。車子是租用的，駕駛者很少會憐香惜玉，所以車廂內外不免飽歷風霜。因為到愛爾蘭之前剛在英國本土第一次駕駛過一部平治 A Class 小車，油門很重，不使勁車子彷彿開不動，印象很深刻。坐上 Corolla，用同樣的力度踏上油門，車子彷彿要立即向前奔馳，因此看到兩部車對油門的調校有明顯的不同。在澳洲駕駛過的日本車也有同樣的感覺，油門輕，反應快，吸引很多年輕駕駛者。因為他們想在交通燈前起步搶先，那瞬間的迅速超前，就是無比的歡愉和快感。但這次這部 Yaris Hybrid 卻令人意想不到。發動引擎後不開動，當然非常寧靜，踏上油門，竟然調校得有類似歐洲車的重量感覺，即是說要使一點勁，才能慢慢開動車子。而且想不到這麼細小的引擎，在山區之間上坡下坡，可能是無段變速波箱，一點也不費力，加上是 hybrid，採用電池儲存能源，省油是少不了的優點。但看到沿途陡斜的山路上，不少踏着單車上山的健兒，他們才是山區的英雄。他們沒有很多的裝備，顯然沒有在山區過夜的打算，只是即日來回小鎮和山峰。在如此崎嶇的山路，沒有足夠的體力和毅力，絕對不可能憑兩個腳踏車輪，征服多洛米蒂。

在多洛米蒂的第三和第四天，我們投宿在山區東部的小鎮塞斯托（Sexten）。說塞斯托是小鎮，因為人口只有二千多人，冬季是滑雪勝地。夏季也有登山纜車往山頂一覽全鎮的風光，是少數五月底已經營業的登山纜車。塞斯托距離奧

地利邊境只有數十公里，所以居民中，操德語的佔了九成以上，反而說意大利語只有很少。我們投宿的 B&B，是間由老房子改建而成的旅館，主人也是說德語，卻只能說少許的意大利語，英語應該也很流利，不然她不會在大門留下一張便條，上面寫着她出外購物，會稍後回來。

從住宿的房間望出去，竟然可以向南看到多洛米蒂的三個著名相連頂峰：正中的格蘭達（即是大的意思）峰（Cima Granda）高達二九九九公尺，右邊的西峰（Cima Ovest）高二九七三公尺，左邊的小峰（Piccola Cima）也高二八五七公尺。Cima 是意大利文山頂的意思。三個尖尖的山峰，就是從十九世紀末開始，我們必到塞斯托的理由。當然在這個小鎮，沿着田野徒步走，在綠油油的嫩草間，不停拍攝，不知不覺已走到黃昏，到了另外一個小鎮 Waldheim。在暮色中沿公路走回塞斯托，是個星期天的晚上，商店整天不營業，只有一間餐廳開門，裏面有幾個進餐的人。小鎮靜悄悄，好像與世隔絕。回到住宿的地方，扭開電視機，其中一個英語頻道正在播放羅禮士（Chuck Norris）的劇集 *Walker, Texas Ranger*。羅禮士是誰？不就是電影《猛龍過江》中飾演與李小龍在羅馬鬥獸場交手的空手道高手嗎？當年我看了《猛龍過江》三次。那一張特別為電影印製的戲票，是我特別的收藏品。

電單車族在山路上瘋馳來來回回，和單車族的緩慢爬行相映成趣。來到多洛米蒂，不到山上一看，似乎空手而回。

我們駕車遍遊幾個山間的通道，但夏季還未來臨，只有一處的吊車開放。乘車登上山上，山頂上還鋪滿積雪，路不好走，只好折回。如果只坐在車上四處看看，沒法子徒步登山，進入山中，跟大自然那麼接近。索拉皮斯湖（Lago di Sorapis）位於山中，只能徒步前往，來回十公里。索拉皮斯湖位於一九五六年冬季奧運會場科爾蒂納（Cortina d'Ampezzo）附近，也在 Misurina 湖附近。沒有大型停車場，大家都直接把車停在公路旁算了。找到二一五號登山徑的指示牌，便從碎石山路登山。根據網上經驗分享，大家都說是個有少許挑戰的登山徑，但總括一句，無限風光在險峰，值得一試。結果我們在以平均十二分五十秒一公里的速度登山，在接近三小時內爬升了近七百公尺，冒險走過積雪的陡坡和狹隘靠崖邊的小徑，沿着鐵索道才到達索拉皮斯湖。湖水呈碧綠，背後是積雪的高山，經過如此艱辛才得一睹真面目，無怪乎大家都誇張地認為它是山區最美的湖。

所以你現在該明白為甚麼我說的：到意大利來，不到訪多洛米蒂山區，等於未曾踏足意大利。

二〇一八年七月二十三日

維洛那

　　你問：為甚麼要遊維洛那（Verona）？這個意大利城市於公元二千年被聯合國教科文組織列入世界文化遺產。意大利北部的大城市之中，維洛那位處於米蘭和威尼斯之間，所以想到將要在米蘭離開意大利，就交通方便而言，自然選擇維羅納，不用風塵僕僕直接趕到機場。早上從多洛米蒂的小鎮塞斯托的旅館吃過非常道地的早餐出門，跟隨谷歌地圖的指引，十一時前就順利把豐田 Yaris Hybrid 交回博爾札諾的租車公司。塞斯托的確是個美麗而寧靜的小鎮，值得多住數天，走遍山野。當地的教堂也充滿歷史。細讀墓碑上的文字，就是讀一遍塞斯托的歷史。以前為了考取新州的駕駛執照，跟悉尼香港駕駛學院的吳師傅熟習悉尼街道。他曾經說過有時候愛到 Botany Bay 的一個墳場讀一下墓碑。塞斯托老教堂前的墓地也如斯漂亮，想想有時候生活在小鎮真是一種福氣。這個世界太多戾氣，也太多只謀私利的人，上帝從天上看凡間，到底有甚麼感想？

　　旅館主人的早餐實在非常道地，自家製的果醬和煙肉當然美味，甚至雞蛋也有點不一樣。放在桌上的是隻焓熟的

雞蛋，很輕易的把外殼去掉，裏面的蛋黃半生熟。你可以說焓生熟蛋工多藝熟吧。不過沒有新鮮的雞蛋，就沒有魔法可言。所以在多洛米蒂山區，吃到的雞蛋都很鮮美，後來在維洛那入住的多層酒店，早餐也有焓熟的雞蛋供應。蛋殼黏着蛋白，差點分不開來。蛋黃的邊緣已經呈現灰黑色，看來這是隻蛋說了實話，因為大概已經焓熟後冷凍了一整天。

維洛那那麼有名，大概和莎士比亞的戲劇《羅密歐與茱麗葉》的故事背景有關。不過《羅密歐與茱麗葉》雖然知名，卻不是莎翁四大悲劇之一。莎翁的四大悲劇，應該是《麥克白》、《奧賽羅》、《李爾王》和《哈姆雷特》。莎士比亞有沒有到過維羅納，尚有爭議。茱麗葉的故居是否在維洛那，也沒有多少人有興趣研究。今天茱麗葉的故居已是維洛那必到之處。如果你踏進舊城，經過左邊的露天咖啡館，右邊的圓形競技場後，走入購物大街 Via Cappello，隨着人潮的流向，不需要任何指示，你會來到茱麗葉故居前的巷口。對，小巷的入口已經擠滿了人，巷子兩壁都劃滿塗鴉，相信市政府已經禁止旅客在牆上再寫上海誓山盟、愛意纏綿的詩句。小巷的盡頭是茱麗葉的銅像。銅像旁的小樓上據說就是羅蜜歐爬上與茱麗葉會面的陽臺。

其實莎士比亞的戲劇的最早背景根本不是在維洛那，要付鈔進入偽茱麗葉故居登上陽臺，根本十分搵笨。所以大家只在巷子的天井裏在人叢中左穿右插，作觀望狀，也在等待要跟茱麗葉的銅像合照。據說撫摸銅像的右胸會帶來好運，

所以多年來已經給摸得發亮。機會到來，大家都毫不客氣，趨前撫胸合照。有一次在臉書上看到一篇貼文，說中國人在國外行徑舉止令人嘩然，其中就拍下了一段一個同胞從背後雙手胸襲茱麗葉銅像的錄影片段，以作佐證云云。不過根據我在現場逗留十多分鐘所見，同胞人數雖然眾多，不見得特別興奮，好像稍為矜持，也沒有露出狼相，相反其他國籍旅客，態度自若，行為開放，擁抱着銅像不放。

根據莎士比亞的劇本，在小巷爬上陽臺的是羅密歐，所以應該公平地把羅密歐的銅像也一併建立在巷子盡頭，而不只是茱麗葉獨個兒多年來給遊人指指點點。至於陽臺那麼高，羅密歐如何爬上去，倒是有趣的問題。不過為愛發狂，一鼓作氣再一躍而上並非全不可能。愛情當然是《羅密歐與茱麗葉》一劇的主題，但羅密歐和茱麗葉兩人的遭遇既有生也有死，有死也有生。最後兩人相繼自殺，卻令世仇的家族重歸於好，好像是一個光明的結局。我年輕看過學校播放的一部《羅密歐與茱麗葉》的黑白電影。老師找來一部電影放映機，把大卷的菲林掛在機上播放電影，大家就躲在黑暗中看完，結尾自殺的印象還在腦海，卻不知道是哪一個版本了。

論者認為羅密歐和茱麗葉的悲劇是因為命運，命運的安排令羅密歐意外地殺死了茱麗葉的表哥。嚴格說來，殺了人的羅密歐是個罪犯，但大家同情他的遭遇多於譴責。按照今天的標準來看，究竟這個罪犯有沒有不得已的理由？同情兩個年輕戀人的遭遇，就自然不會把羅密歐以壞人看待。莎士

比亞筆下，羅密歐沒有成為一個完美無瑕的人。聰明的你可否告訴我，好人與壞人的界線在那裏？香港的一名局長在書展中引用日本作家東野圭吾的一句話，只不過道出現實中人性複雜的一面，卻引起某個紀律部門工會強烈的不滿，正好說明很多人生理上成為一個大人，思想行為卻比年輕人還不如。

我們離開了所謂茱麗葉故居，就走到香草廣場（Piazza Delle Erbe），舉頭四望，原來每幢樓房都差不多擁有一個美麗的小陽臺，不知道這個設計是否都受了《羅密歐與茱麗葉》的啟發。我在樓下看你，你在陽臺上看下來。人生的際遇如此微妙，原來就在剎那的光影中。

二〇一八年七月二十九日

快閃威尼斯

　　如果多洛米蒂是主菜，威尼斯就是此次遊覽意大利的甜品。本來的計劃遊山區五天，維洛那一天，逗留米蘭也是一天就回家了。後來山區的天氣預測第五天將要下雨，所以決定縮短逗留的時間，轉往維洛那，逗留兩天。走了一天維洛那的舊城，只餘下一天，在甚麼也沒有準備的行程中，就選擇往威尼斯一行了。人生有許多偶遇，也有許多即興，好像不算是甚麼壞事。維洛那的日間非常暖和，氣溫攝氏二十多度，感覺初夏的熱，陽光普照。威尼斯遠在一百一十九公里以外，心想應該也不會相差太遠。

　　由維洛那往威尼斯的火車，Italio 私營快車要五十分鐘，Trentitalia 國營車平均也都不過是一小時八分鐘左右，每天有四十八班次，第一班車早上五時二十一分開出，尾班晚上十時二十一分開出，非常頻密，差不多不需要預早訂票。至於單程車費，由九歐羅開始，到快車的二十三歐羅，也不算太貴。要遊覽威尼斯，也可以乘坐巴士，班次較疏，車費大概五歐羅，可以飽覽一下沿途車道兩旁的風光。結果我們還是選擇國營火車。持有沒有劃座位的火車票，一般要在月臺

入口附近先在一部認証機上認証，表示你準備登車，然後往月臺候車。維洛那是首站，座位較多，但沿途上車也有很多人。尾站威尼斯的聖塔露西亞車站（Santa Lucia），建於上世紀四十至五十年代，興建時因為要拆卸聖塔露西亞教堂，故此有此名稱。威尼斯的確是旅客的聚焦所在，每日進出火車站的人次達八萬多人。

那天走出聖塔露西亞火車站，陽光早已灑滿一地，照得人差不多張不開雙眼。下了車站臺階，前面就是渡輪碼頭和攤販，不遠就是赤足橋（Ponte degli Scalzi）。為甚麼叫赤足橋？因為橋的前面聳立了赤足者教堂。根據維基百科，赤足者或穿着草鞋者，是有一種乞討的修行模式，為信仰奉獻一生的天主教僧侶。俗世如我，當然無法理解那種修行的艱苦。

威尼斯是個由小島組成的城市，運河或水道穿插其中，共有一百一十七道。赤足橋是其中一條跨越大運河（Grand Canal）的大橋。粗略估計，威尼斯共有四百道供人踏足橫過大小運河的橋。我們沒有踏上赤足橋，沿運河東行，經過大街和街上售賣糖果、蔬菜和水果的攤子，沒多久就踏上另外一條橋。橋的旁邊，停泊着一艘又一艘划艇貢多拉（gondola）和船夫。貢多拉原來是威尼斯的原來最普遍的交通工具，但今天登上貢多拉的人多是特別的遊客，可能是炫耀多於需要。船夫也會看得出你是否流露如斯面色，趨前向你招手。據說日間四十分鐘一程的享受，花費八十歐羅左右。至於晚間七時後，在星月下，穿梭於燈影之中之旅，你

得付出一百歐羅，每額外二十分鐘再收五十歐羅。不過浪費無價，兩人遨遊於水道之中，抬起頭看到兩岸上他人豔羨的神色，你當然覺得物有所值。

威尼斯魅力之最，自然是聖馬可廣場（Piazza San Marco）、聖馬可大教堂（Basilica di San Marco）和鐘樓（Campanile）。你跟隨人群的流轉，終於在不知不覺來到廣場中央，碰到那些駐足良久，對景點灼熱的眼神。環顧四周，除了露天咖啡館之外，排隊入內參觀聖馬可大教堂，又是一條長長的隊伍。站了一會，前面的人好像沒有移動的意思。我們於是放棄了等待，走到岸邊，對着一艘又一艘的貢多拉拍照和錄影，好像真的感染了一絲浪漫的氣息。但認真看看水邊，原來飄浮了不少木碎和垃圾。一個少女對着一隻像天鵝般大的海鷗拍照。海鷗不好惹的樣子，恨不得立刻得到食物，咧開嘴，想攻擊少女。她立刻匆匆走開了。

聖馬可小廣場旁邊，就是稻草橋（Ponte della Paglia）。橋很普通，但奇怪遊人紛紛駐足其上，眺望向北面不遠的一座有上蓋的小橋，原來那正是嘆息橋（Ponte dei Sospiri）。十九世紀英國詩人拜倫給它起了如斯美麗的名字，但真相是這座用白色雲石建造於公元一千六百年的橋樑，其實連接一端的審訊室和另一端的監獄。據說囚犯進入監倉時，經過這座橋樑，看到威尼斯漂亮的景色，悔不當初。不過橋上那又厚又闊的窗框遮擋了外望的景觀，看不到外面，何來嘆息。

來到威尼斯，當然想起莎士比亞的戲劇以威尼斯作背景

的《威尼斯商人》（*The Merchant of Venice*）。這部是最早在中國演出的莎翁的喜劇，於一九一三年由鄭正秋導演。香港的長城電影公司一九七六年的製作，由胡小峰執導的電影，取材自《威尼斯商人》，就叫《一磅肉》。威尼斯商人安東尼奧以一磅肉抵債，如何償還猶太人財主，的確是全劇的高潮所在。但你不能不想起德國作家托馬斯‧曼（Thomas Mann）的中篇《魂斷威尼斯》（*Death in Venice*）。記得這個名字，全因為當年臺灣志文出版社的新潮文庫，就用了這個名稱。書中用了意大利導演維斯康堤（Luchino Visconti）改編的同名電影中的劇照。狄‧保加第（Dirk Bogarde）飾演主角老作曲家，那個他愛上的美少年由 Bjorn Andresen 飾演。愛得如此心痛，只能用追蹤藝術的美去詮釋。

你會否愛上威尼斯？大概不會。對一個地方的感覺，其實和那時候的心情有關。這次的造訪，只屬於一個快閃的經歷。不過那天威尼斯藍天白雲，五月底的天氣雖然有點悶熱，但到底是一個充滿生氣的城市，遊人如鯽。這個世界如此不堪，倒希望下次再訪時，威尼斯的美麗，一如往昔。

二〇一八年八月五日

意大利人

　　在路上旅遊久了，不用奇怪思鄉病必然發作。在世間，每一個旅程既有開始就有結束，所以沒有一種無休止的旅客生涯。在維洛那逗留兩天之後，米蘭是我們意大利遊的最後一站。意大利最著名的城市，除了首都羅馬外，要數米蘭了。米蘭人口一百三十多萬，是時裝和設計的中心。但都會區的一九八二平方公里上，住了超過八百萬人。如果你是足球迷，當然知道米蘭有 AC 米蘭和國際米蘭兩支著名隊伍。今屆世界盃沒有意大利隊，絕對缺少了一個值得看的理由。在多洛米蒂山區，四野無人的山谷中，你看到一個完完整整的足球場，只是沒有觀眾席的設施，就知道意大利人對足球的熱愛，不下於南美的巴西。

　　沒有在米蘭市停留，可能是個損失，因為火車到達米蘭中央火車站時，走出大堂一看，給它的美貌嚇呆了。這個全歐洲最繁忙的火車站，為二十世紀意大利建築師尤利西斯・斯塔基尼（Ulysses Stacchini）的手筆，到獨裁者墨索里尼執政後才把它全部完成，彰顯法西斯政權下的偉大建設。火車站外觀寬二百米，頂高七十二米，這是當時的紀錄，就算今

天看來，內部大堂的牆壁設計和四周的雕塑，也依然令你突然眼前一亮，堪稱是今次旅程中看過最美麗的火車站。火車站如斯宏偉，這個城市也許不會差得太遠。不過為了節省往機場的時間，我們選擇了距離機場不到十五分鐘車程的小鎮卡索拉泰森皮奧內（Casorate Sempione）的一間小旅館投宿。從宏偉的米蘭火車站到地道的小旅館，從喧鬧到寧靜，你看到意大利兩個截然不同的天地。

火車站是社會的縮影，米蘭的火車站外，有個大型的廣場，空間比羅馬火車站廣闊。但廣場上永遠有在不知道在等候甚麼的人，獨個兒或三三兩兩，眼神左顧右盼，好像在打量你，也像等待一些下手的機會。或者只是表情有點怪，就引起了旅客的疑心。後來輾轉得悉，原來有幾個來自香港到意大利朝聖的人，在米蘭火車站遇到扒手。幾個陌生人刻意阻擋前路，在推撞之間，朝聖團中有人給取去了錢包而不覺。那麼只看樣子和外表其實也並不可靠，最重要還是自己要做好防範的準備，提高警覺。想到二〇〇三年的美國電影《偷天換日》的原名叫 *The Italian Job*，重拍一九六九年的同名電影（中譯為《奇謀妙計劫金磚》），片名的直接意思把盜竊說是意大利人或意大利式的工作。是否向意大利人開個不太小的玩笑？意大利的電影傑作，當然少不了第昔加（Vittorio de Sica）一九四八年的《單車竊賊》（*The Bicycle Thief*）。不巧也是一個關於偷竊的故事：一個失去單車的父親跟兒子找尋失去的單車，最後無奈下手偷別人的單車，卻被逮個正着。

旅途中遇上失竊，當然是糟透的事。但今次路上遇到的，反而是友善的意大利人。在羅馬火車站我們不懂得購買火車票，一個人帶我們到售票機，示範怎樣購買一張火車票，然後我們道謝時，他說可否請他喝一杯咖啡。其實他並非想喝咖啡，只是希望我們打賞一些碎錢。可惜我們身上沒有歐羅零錢，他失望的走開了，沒有表示甚麼不禮貌的態度。從此以後我們就不敢隨便向陌生人請教了。

　　在米蘭火車站登車往卡索拉泰森皮奧內，不知何故，車廂內警號響個不停，實在煩厭，大家面面相覷，不曉得怎樣做才好。此時車廂內擠滿乘客，火車又要快開出了，大家不敢離開車廂向月臺職員求助。斜對面的一對夫婦看勢色不對，在牆上找到一個按鈕按下去，警號立即停止了。我向他們微笑道謝，如果不是他們如此果斷，恐怕我們要不斷忍受直到下車為止。想不到這對夫婦中途比我們更早下車，起身離去時，他趨前用英語說希望我們有個愉快的旅程。匆忙之際，來不及告訴他我們的旅行快要結束了。但簡單的一句，短短的問候，反而令人覺得人與人之間沒有那麼多隔膜，少一分猜忌，多一分親切。

　　卡索拉泰森皮奧內是個小鎮，我們和幾個乘客下了車，轉瞬間就不見了他們的蹤影。旅館附設小酒館，可能是鎮上唯一晚上營業的食肆，所以應該不難找。按照谷歌地圖的指示，旅館應該距離火車站不遠。可是走了一會，還是不見該走的小巷。來到一個籃球場前，一對父子在打籃球。父親看

見我們拖着行李，徬徨的樣子，問我們要往哪兒。我們告訴他要到附近的旅館。他得知旅館的名稱，就直接在手機上查獲電話號碼，然後叫他們派車過來。等了一會兒，車子還沒有來，他又再打電話催促，確定我們的位置，結果旅館的車子終於來了。道謝之後，坐在車子上，才發現小鎮的路太狹窄，不少是單程路，所以短短的距離，結果車子要迂回走十多分鐘。我們安頓之後，想再一次向這個熱心的意大利人致謝。回到籃球場，這對父子早已離去了。

你問我意大利的旅程如何？我會給多洛米蒂山區八十五分。但喜歡一個地方，不是因為它有多少景點，建築物如何宏偉，或者歷史有多悠久。旅途上遇上的人才是顯出一個地方真正的價值。我不會天真以為所有人都完美無暇，沒有半個壞人。恰恰相反，善良的人尤如星光，那麼毫不顯眼，但你認真細看，黑夜中他們璀璨奪目，令你感動不已。

二〇一八年八月十二日

豆腐渣工程

　　回到悉尼，聽到關於意大利的消息，就是一樁令人痛心的意外。位於西部港口城市熱亞那（Genoa）的莫蘭迪橋（Ponte Morandi）的一段二百米橋面在暴風雨中塌下，當時駛經這個路段的車輛跟隨下墮四十五米的地面。在一片的頹垣敗瓦中，已經証實有四十三人死亡。莫蘭迪橋建於一九六一年，是 A10 收費高速公路的其中路段，往西行可以通往法國沿岸城市如尼斯（Nice）。事後大家追究責任，發現許多建造於上世紀五、六十年代的行車天橋，都有誇度的問題。記錄顯示，二〇一七年年四月，位於熱亞那以西的庫尼奧（Cuneo）市一條天橋塌下，差點壓死一個警察和他的同伴。北部靠近瑞士邊界的城市萊科（Lecco）的另一道天橋也因超負荷倒塌，壓毀了一輛私家車，司機死亡。

　　這些結構早有問題的天橋，是否當時的承建工程沒有根據指示施工，還是設計的錯誤？維修可否矯正結構上的錯誤？恐怕不能。事實上，負責日常維修的公司，早已獲悉天橋行車太多，負荷過重，不但沒有向大眾公布天橋的潛在危險，反而因為盈利培增，不想停用天橋，損害公司的利益，

不是草菅人命嗎？人命和公司的溢利永遠是個矛盾，維修的費用隨時比建造一條新的天橋昂貴得多。一般所見，許多設施，經過日曬雨淋、風雨侵蝕，面貌早已飽歷風霜。以前跟學生到國內參如埠際球賽，看到球場的樣子好像都已經很殘破，查問一下，原來不過是五年的光景。為甚麼會變得如斯模樣？原來當局覺得與其花錢維修，倒不如等它殘破下去，直到有一天球場的內外都無法使用，就把它推倒，重新在原地上建造一個完新的、設備追得上的球場。難怪這一端是嶄新的建築物，那一端的樓房卻令人感到嘆息不安。

退一步想，如果一切那麼快要推倒重來，在設計時也會不其然想到，不必要那麼堅固，也不需要那麼穩妥。一切的現時都是暫時的，不久的將來就會不存在了。短期的、暫時的這些想法，會不會令人想起不必要把安全放在首位，因為老的樓房，自然有拆卸的命運，堅固耐用的東西都沒有可能永遠，真的是沒有永恆不變。大家都說羅馬不是一日建成的，但重建羅馬也不能一朝一日完成。但羅馬沒有拆去舊的建築物，而是用方法把舊的東西翻新，所以當我們走向鬥獸場的時候，就看到沿着路的兩旁，都是維修的工程，其中一段馬路更禁止私家車駛進，只容許大型巴士接載乘客。徒步的旅客沿着在工程的圍版上前進，只有愛車如命的羅馬人抱怨行不得也哥哥。

維修的費用可能真的不菲，但保存美好的印象還是需要有些遠見。羅馬著名的特萊維噴泉（Trevi Fountain）維修工

程終於在二〇一五年完成了。這個地方永遠人山人海，一點不假。前幾天還有報導說有旅客為了爭取好地點拍照而大打出手。電影《羅馬之戀》（*Three Coins in the Fountain*）以此為背景，故事中說過如果你投三個硬幣進噴泉，會帶來婚姻。信不信由你。不過相信好運的人真的不少，所以平均每天投進噴泉有三千歐羅。當然相比以羅馬為根據地的時裝品牌Fendi翻新噴泉而捐贈的二百萬歐羅，只是小數目。這個美麗的合作，令人加添了對Fendi的好感。

梵帝岡西斯汀教堂內的天花板翻新的費用才令人咋舌，教廷和意大利無法負擔，只有向外求助。當時的日本電視臺捐款三百萬解困，後來埋單一算，結果要四百二十萬歐羅。教廷為了答謝日本電視臺，容許它取得翻新過程的照片和錄像的版權，但卻引來非議。後來看到攝影師岡村隆鉅細無遺的照片，不得不啞口無言。結果日本電視臺為翻新過程製作了許多錄像和書籍雜誌，帶來了比原來的捐款更多的收入，令人意想不到。今天你進入西斯汀教堂參觀，導遊事先提醒你，不可以拍攝天花上米開朗基羅的壁畫「基督的最後審判」（The Last Judgment）啊！但事實上《紐約時報》早於一九九〇的一篇報導中發現，日本電視臺的版權只限於商業拍攝活動，而且早於全部翻新工程完工後的三年，即一九九七年，就該失效了。即是說，你是一個普通遊客，你是可以拍照的，唯一不可以使用閃光燈，因為不停的閃光可能損害壁畫上的顏料。所以你站在西斯汀教堂內，頓覺鴉雀無聲，因為

大家都被提醒只看好了。在黯黑的光線中，你除非使用長時間曝光，否則無可能拍攝得到光度適中的照片。倒不如走到聖彼得大教堂旁的教廷書店，買一本官方印刷精美的刊物吧。

豆腐渣工程確是一個有趣的形容詞，但背後的真相卻使人憤怒和痛心。羅馬吸引遊客到來，靠的都是舊建築物。如果不是通過翻新和維修工程，恢復舊貌，大家都沒有興趣到訪羅馬了。一個城市如果沒有辦法保存舊建築，只靠不段推倒重來來取悅遊客，大概就是刻意抹去歷史。而今重看那些舊日片段，香港有許多美好的建築物都不斷的消失，都變成回憶了。以前你會怪那是殖民地的政府啊！現在你怪誰？你看世界上許多所謂偉大的大白象工程，原來施工得那麼兒戲。你自然明白，施政者和大部份原本為市民監察政府的議員從來沒有把大眾的福祉放在首位，現在既然不會，將來也不會。

二〇一八年八月十九日

來到北海道

　　從悉尼到北海道，這次先停留香港四小時，轉乘另外一班國泰航空的班機，全程飛行時間大概是九小時加四小時，只是首程時間較長。中途能夠停下來休息一下，還算是不錯的選擇。討厭的只是晚上的航程，吃罷晚餐後已經是凌晨十二時，加上機艙偶然因氣流搖晃，有時候不能入睡。即使計劃好了行程，預訂好住宿的地方，也不一定知道路上會遇到甚麼人，發生甚麼事情。有人喜愛旅遊購物；有人喜愛沿途吃盡美食；有人忙於捕捉每一刻的美景，上載網上與親友分享。

　　旅遊是不單止於看東西，有時侯是想治療一下因工作困擾而疲倦的心靈，希望撇開平常生活中的醜陋，見証世界的美好。所以奇怪在機場上還是看見很多人視旅行如工作，奔波勞碌，帶着許多大大小小的購物袋，匆匆忙忙趕搭飛機，下機後又匆匆忙忙回到家裏去準備上班。旅遊的目的地與我們的自己世界永遠格格不入，大家不過是走馬看花，增加一些閒時的話題。

　　北海道令我有點意外。只要離開城市，你立刻走進田

園，一個自然得令人以為不很日本的地方。我唯一不太喜歡的是位於札幌市郊新千歲機場，它是一座實用性為主的建築物。不過離開時發現它有一個角落是玩具樂園，其中便有我們喜愛的多啦A夢主題商店，令我對它增加多一點好感。雖然說商店內的大小商品價格一點也不便宜，但多啦A夢伴我們渡過年輕時讀書的歲月，只看不買也是有些興奮的。這隻來自二十二世紀的機械貓早年曾經譯作「叮噹」。據說原作者滕子不二雄去世前希望大家改回他的原來名稱。所以中譯本紛紛把叮噹改名為多啦A夢，除了是版權問題外，倒是一個合理而有人情味的安排。

可惜的是，這次旅途中看到新聞報導說曾經為多啦A夢日本語配音二十六年的大山羨代証實患上健忘症，已經記不得兩分鐘前的事情。電視臺播放她獨特的聲音，還是有趣得很。坦白說，人老了，如果記憶中只可以保留過去美好的部份，有多好。

上次七年前到過本州走走看看，這次來到北海道，跟悉尼的旅遊熱門地點一樣，看到愈來愈多的中文告示，有繁體也有簡體。韓文也開始多了。一般的中文告示和其他語文的告示一樣，沒有甚麼特別的意思。有些卻明顯帶着貶意，看得出來它的特別意思，雖然不是衝着自己而來，但滿身的不舒服。好像自己就是犯錯的人。例如第一天入住的酒店的餐廳內，在一個提供熱茶的取水機上面，這樣貼着一張紙，清清楚楚用繁體中文字寫着：「這裏不可以填裝水。」看來店主不滿

許多人拿出水瓶對着熱茶機直接盛水拿走，而不理會其他排隊等候的食客。

日本人其實很清楚要溫馨提示的是誰。他們比澳洲人聰明得多，不會胡亂以為懂得中文的人只是懂得簡體中文。這段時間我們見到的較多是操着閩南話口音的臺灣觀光客。在層雲峽我們下榻的大旅館內，只見一車又一車的把眾多旅客送來，一時之間擠滿酒店大堂，下一刻又擠滿餐廳進食自助餐。熟悉的親友不願意分開坐，要勞煩侍應儘快清理桌面。人多得很，大家爭相上網，只在大堂提供的無線網絡也斷斷續續。

一向有禮貌的日本人，還是那麼有禮貌，雖然你可能不知道微笑底下真正的意思。例如在登別我們的車子駛進酒店大門前，立刻有人走出來鞠躬等候，又有人為我們的車子安排停泊在停車場。到了辦入住手續，才知道走錯了隔鄰的酒店，反而我們感到不好意思。層雲峽的大旅館也有說普通話的員工，為只曉得說普通話的旅客提供更配心的服務。不知道這個女孩是來自中國大陸或者臺灣，只見她在寒風刺骨、低溫至攝氏十度以下的酒店大門前歡迎旅客，後來又在餐廳內向食客推銷彩票。看來不是一份簡單的工作。

我倒不需要這樣的服務，其實我想說流利的日語，融入他們的生活。可是我的日語已經忘記得八八九九了。在路上我們向人家問路，一個騎單車的女人停下來，用自己的語言很努力解釋我們應走的方向。很多日本人說英語的能力還是

很有限。尤其在北海道這個充滿田野的國度，想找說流利英語的日本人，恐怕要在城市如札幌和小樽。但日本人對自己的語言還是充滿自信的。那管你明不明不白，他們還是努力用日語多說幾遍，指手劃腳，不用放棄自己的語言來討好你。

二〇一五年五月十七日

北海道看花

　　原本計劃到北海道看櫻花，順便看其他風景。不過天氣比預期溫暖得多，出發之前追看網上的櫻花樹開花的訊息，早已不存着甚麼幻想了。很羨慕一些朋友可以從南日本到北日本追櫻，不知道要花多少時間？想要做的事那麼多，可以集中時間做一件自己喜愛的事情，算不算叫做奢侈？旅行的計劃往往定得太充實，變成了東趕西趕，如果只是看花，是否簡單優悠得多？

　　踏上北海道，果然沒有甚麼櫻花了。花朵枯謝變黑了，旁邊的枝上慢慢就長出新綠。看到新綠的顏色，自然想起以綠色為主的兩個地方：澳洲和愛爾蘭。在澳洲住得久了，就知道澳洲的大自然其實是以黃色為主，某年駕車到郊外去，看到久旱的田野遍佈一片泥黃，秋天的乾草也是一片泥黃和金黃。澳洲的春夏新綠轉變得快，短時間內草長高了，樹葉長得茂密了，瞬間變成深綠。

　　然而愛爾蘭的綠的確是叫人眼前一亮的。尤其在春天的時候，慢慢駕車沿着 Dingle 半島，看見長滿山坡的綠草，沿海岸線捲開去，你自然感覺這不愧是世上其中最美的一段車

道。綠得叫人驚訝，難怪愛爾蘭是屬於新綠的顏色。愛爾蘭共和國的國旗三個顏色之中，就有一個是綠色。細心一看，不是一般的叫得出的綠色，這個綠色代表愛爾蘭的傳統。相比其他顏色，綠色總是叫人看得舒服。

當我們駕車離開北海道的城市和市鎮，很快便進入一片又一片農地，有些是剛剛翻開泥土的田，更多是長出了草的地，看來我們的旅途和綠色總是有不解之緣。北海道的鄉郊的規模顯然和澳洲有些不同。澳洲的牧場廣闊得連綿不斷幾個山頭。許多北海道的農場規模不大，入口處你可看見掛着牧場的名稱，但草地上很少看見放牛放羊，只是偶然看見幾匹馬。大家都知道北海道以牛乳產品出名，現今隨處可見馬油出售，看來北海道的牧場也飼養着馬，所以間接令馬油也有機會普及起來。

這種情況，的確和澳洲的牧羊很相似。澳洲飼養多種羊，漫山遍野，有作食用，也有提供羊毛原材料。有人取笑在新西蘭見羊多於見人，其實澳洲的牧場也是一樣。作為日常肉食，很多人不敢吃羊肉，怕的那種羶味。聽說新鮮的羊肉應該嗅不到羶味的，只嗅到鮮味。只有不新鮮的肉，無論是牛、羊和豬，都有那種獨特的羶味。既然飼養那麼多羊，華人聚居的回國禮品店和超級市場的貨架上都放滿不同從羊身上來的產品，也是絕對平常。

春天到北海道，當然不會想起看馬，而是想遇到熊。但熊不是隨便可見的。在知床半島的附近，就是熊會出沒的地

點。知床國家公園成立五十年，今年剛好是成為世界遺產的十週年。駕車進去知床五湖的賞區，每車只收入場券五百日元。知床五湖的懸空步道，可以讓你慢慢走進濕地，近距離看到第一湖和遙遠的其他四湖。懸空步道本身已經是一個美妙的建築，配上濕地的湖和植物，真是一個絕對不容錯過的美景。

熊是野獸，自然有牠們出沒的時間，聽說剛好是春天這段時間出來覓食。不過我們沒有甚麼運氣遇到熊，只有遇上突然橫過路中或在路旁吃草的幾隻鹿。在琉璜山收費站一隻飢餓的狐狸擋住入口，工作人員驅趕之下也不走。等我們的車子走過，工作人員放下一塊肉食後，牠毫不理會拍照的遊客，就在一旁迅速咀嚼起來。吃飽了就逕自走回樹叢。在另一段路，我也看到兩隻狐狸走進路中，其中一隻像是給我們前面的車子輾過腿部，另外一隻伴隨牠走回路旁。雖說是動物，我也希望牠們有自給自足的世界。不被我們騷擾，不過看來是不可能的了。

春天旅行北海道，除了看櫻花，還可以看鬱金香和芝櫻。在上湧別的鬱金香公園，花卉便鋪排得非常有氣派。其實澳洲的首都坎培拉每年春天也舉行花節，鬱金香正是花節的主角。同樣是鋪陳的花朵，就見到上湧別鬱金香公園主人的一絲不苟。每年這個季節因為鬱金香的盛開，公園才要收取入場費，平日是免費的。你可以說坎培拉的花節是免費入場的，所以辦得沒有那麼好。問題是，即使入場要收費，也不一定會辦得令

人滿意。

　　行程中我們到訪一個公園，網上說是可以看到許多美麗的花。結果因為好像時間尚早，花還未盛開。職員知道我們遠道而來，表示歉意，還送我們一包小小的種籽作補償。花看不成，倒是覺得日本人接待訪客，還是有獨特的一套，學不來的。

二〇一五年五月二十四日

熊出沒注意

　　旅行來到北海道，的確沒有人想起要奢望看見一隻熊。大自然是熊的棲息地，走進熊的家，熊是會隨時出現的。北海道的熊和北美洲的熊屬於同一類，身高兩米、重約三百公斤，跑走來時速達到五十公里。科學家估計人平均跑步時速可達到極限六十公里，理論上可以逃過熊的進襲。不過在山林間，突然看到一隻熊，你會感到恐慌多於歡喜。慌亂逃命之間，跑到哪裏、能跑多遠去真是個大問題。

　　熊的體積巨大，你可以想像食量也驚人。牠們的一般食物原是植物。但飢餓的熊看到人，聯想到食物，所以會攻擊人類。北海道知床國家公園的告示，除了警告徒步旅行者會碰上熊外，還提醒不要餵飼熊。所以「熊出沒注意」的漢字，和一隻張開大口的熊頭像的海報才會經常看到。如果你不是走到荒野，根本看不到熊。看到熊的機會，可能比中彩票的頭獎更難。

　　看得多以動物為主的動畫，也逐漸以為動物也和人類友善。澳洲的雀鳥雖然飛近你面前，但不會無故飛到你的手掌上的。有人用食物引誘雀鳥飛近，方法是每日定時在同一地

點放置食物，令牠們建立習慣，自然放棄對你的戒心。不過我倒不是故意在後園種植一株檸檬樹，但對某天突然飛來三隻白鸚鵡的行為感到大惑不解。半小時內，牠們把樹上的檸檬一個又一個的啄開，啄食一兩口後吐在地上。我走近去企圖趕走牠們，好讓我還可以摘取剩下的少量果子。但牠們立即豎起頭上黃色的冠，嘴巴發出怪叫，警告我不要再走前。動物進食時確實不好惹。

網上有一段寫到與熊相處之道，不知道有沒有用。我們主要需要三樣東西：響鈴、白布和一部超級跑車。當你發現熊蹤，響鈴是發出聲響，或者大聲說話，提示熊你在附近，也不要驚嚇牠，以免反過來襲擊你。假使熊走過來，怎麼辦？保持冷靜，不要逃跑。白布是用作投降用的。揮舞它希望熊明白你的意思。假使熊進一步向前撲向你，怎麼辦呢？這個時候逃跑是沒有用的。正常情況下，熊一定比你跑得快。現在你明白需要超級跑車的原因吧。

有人說給熊食物，是否可以把牠變得友善呢？原來餵飼熊，就等於間接送牠入地獄。原來熊一旦吃過人類的食物，自然引起牠對這些食物的興趣，逐漸走近人類的居住環境，不再在野外覓食。當這隻熊走入社區，喪失自我覓食的本能，對人產生威脅，就不得不給射殺。所以另外又有一些告示貼上一張被射殺熊的照片，上面這樣寫，警告一些無知的人：餵飼一隻熊就等如殺死一隻熊。

當然熊的卡通化形象確是可愛。只要忘記那隻張開大口

露出凶相的熊，其他的熊商品可能令你感到無限溫馨。你只能說創意無限，令原本凶猛的動物都改變了本性，變成商品。熊的商品在北海道都化成大大小小的裝飾，令人目不暇給。在登別的一所售價禮品店門前就用兩隻棕色的玩具熊作招徠，店內又放了幾隻小孩般大小的玩具熊。在寒風裏擁抱着別人送的一隻毛絨玩具熊走在大街上，是不是別有一番滋味呢？

我本來想到在旅途中找尋貼上熊本熊（Kumamon）標誌的特別版徠卡小數碼相機，結果失望而回。其實這部相機並無特別之處，只是加上一個卡通化的熊形象，就要額外加上一個新價錢。熊本熊本來是二〇一二年日本南部九州熊本縣推出的卡通化吉祥物，免費供人使用作推廣旅遊。因此在北海道只能容易找到北海道的熊的商品，那會輕易找到別人深受大家喜歡的熊本熊。在北海道我看不到熊，但加深了對牠的背景和生態的認識。能夠認識新的東西，正是喜愛旅行的原因。

二〇一五年五月三十一日

在北海道駕車

　　旅遊北海道的時候是自駕遊。作計劃時在網上看見出租的豐田小車型號中，有一輛容積 1500cc 的小車。心想駕駛小車走遍全島，應該可以少用一點汽油，省下整體的旅行開支。這樣想是根據網上的圖片和簡單的資料，但澳洲沒有售賣這輛車子相似的型號，所以以為估計坐四個成年人應該沒有問題吧。後來才知道忘記計算四人攜帶的裝滿十天日用品大件行李；四個人坐得舒服，行李總是不能省掉。出發前給出租汽車公司寫一個電郵，更改為一部大的、掀背的旅行車。

　　多年習慣旅遊只帶一件寄艙行李。雖然喜歡攝影，也叫自己另外只帶一個機身加鏡頭放在背包裏。這樣的裝備，完全沒有過考慮「打雀」的可能，連稍遠的東西也不能用鏡頭把它拍下來，只能對自己說：碰碰運氣吧。不過這樣旅遊倒是輕輕鬆鬆，不用為選擇甚麼焦距的鏡頭而煩惱。也不必背着笨重的器材跑來跑去。旅行中把時間放在看，看得清楚，手上的相機就是你的眼睛，不再把焦點放在到時候要選擇甚麼器材上去。問到你的相機看到甚麼也不知道，怎樣叫攝影呢？

　　結果到取車時，發現租來的旅行車的車尾箱，正好足夠放好我們四人的行李。

　　日本是右軚駕駛，跟澳洲一樣，所以不用特別的適應，便可以迅速上路。出租車公司的職員反而花點時間向我解釋如何使用全球定位系統。世界變得太快了，以前不相信需要這個設備，以為買了一本駕駛地圖回來，便可以依靠它，走遍新南威爾士州的大街小巷。一般來說，我們經常使用的是指定路線，就像專線小巴一樣，地圖只是作為後備的。要到陌生的地方，必須一早看地圖，劃出路線，然後數着要經過幾多個交通燈和路口。有時候就容易到達目的地，有時候迷路了，就停泊在路邊，重新找回應走的方向。

　　在日間駕駛，地圖還是有用的；到了晚上，四周一遍漆黑，路燈也是相隔好遠才照亮郊外的小路，你是不容易看清楚是否走進正確的途上。很多初到悉尼的人，都很不習慣晚間除了主要道路之外，四周黑漆漆一片。很多區議會地不願意花太多錢在路燈上，就算路燈豎起了，大樹也把燈光遮去了許多光線，照不到路中心，幸好可以靠入口豎立的街道名稱，尚可以告訴自己有沒有走錯路。

　　愈來愈多人湧至城市，州政府建設了新的社區和道路，所以地圖每年都會出新版，讓駕駛者可以得到正確的道路更新訊息。不過我相信除了是速遞公司外，現在其他的人很少會每年買一本新版地圖。我的習慣是數年才買一本，而且往往趁着新版推出時買一本減價的去年版地圖，價錢比新版低

了接近三分之二。自從全球定位系統普及化之後，悉尼的駕駛者街道圖差不多絕跡於書店了。

其實全球定位系統也跟印刷版地圖一樣，需要定期更新道路的變更情況，不然的話使用者隨時走錯路。有一次旅行我們按蘋果手機上的地圖程式提示，駛向塔斯馬尼亞州（Tasmania）的搖籃山（Cradle Mountain），一路上電子地圖發揮正常的功能，顯示正常的道路情況，甚至有聲音提示應該取道哪一條公路。不料有一回在快速公路上，電子地圖叫我在路正中轉向。我奇怪看不見有容許轉向的路口，就決定不理會它的提示，在適當的地方才回頭。看來全球定位系統雖然方便，你還是接受它的溫馨提示：不要對它百分之一百信任。

在悉尼一般的汽車的全球定位系統需要輸入地址，往往需要好幾分鐘才找到正確地點。在北海道，我們只要輸要往酒店或地方的電話號碼，地圖就立刻找出地點，全球定位系統就開始發揮作用，提示要花的時間，還可以選擇不同的道路，例如收費或不收費的公路。這個方法既省時又方便，希望不久的將來，悉尼的汽車也有如此智能的全球定位系統。

北海道的道路，一般是時速五十公里，其實是安全但很慢的速度，路上不見得有很多車子按照這個速度行駛。我按照安全時速行駛，後面不想超車的人會慢慢的、安靜的跟着，沒有遇到響號表示不耐煩。高速公路的安全時速一般是七十公里，甚至有一段由新千歲機場到登別的公路沒有安全

時速顯示，只見別人的車子開得比七十公里還要快。不過就算以時速約七十公里駕駛，都只要花一小時。有數據研究超速和不超車相差時間那麼少，其實不值得妄顧安全，甚至失去了性命。

在北海道駕車，沒有像在冰島時遇到的轉過彎就看到從天而降的瀑布那種突然的驚喜。不過你也不必失望，北海道絕對是人生必到的地方之一。你要下車，徒步向前再走一會，才會看見美麗的景色在前面，令你驚訝。

二〇一五年六月十四日

北海道的高速公路

　　在北海道駕車十天，每天平均駕車五小時，差不多跑遍了全島，只有南端的一角，函館的那一帶沒有計劃去。現在許多城市和小鎮之間，都紛紛用高速公路接通了。好像由洞爺湖到小樽的一段，根據電子地圖的計算，是可以選擇一般向北的道路。雖說車速較慢，也不過是三個小時。可是我們車子上的全球定位系統卻顯示這段路竟要四小時多。我們在洞爺洞逛了一會已經差不多要臨近黃昏，恐怕在不熟悉的路上迷失，只好依從全球定位系統的提議，轉上收費高速公路向東經過新千歲機場，穿過札幌市，直奔小樽。

　　說實話，高速公路是沒有東西好看的。就算遇上有美麗、令人神往的景色，只能徒呼奈何。你坐在駕駛席，操控軚盤，又不能把車停下來，拍照一番。只有身為乘客，才可以舉起相機，在適當的時候按下快門，捕捉那一瞬間。但這樣的情況下能拍下驚世傑作的機會少之又少。相機快門的時滯，玻璃窗上的反映，都令你每一個按下快門的希望變成泡影。我只好相信，一幅令人難忘的攝影作品，沒有偶然這回事。

北海道的收費高速公路，的確令你忘記一個市鎮和另外一個之間的距離。在小樽的出口顯示這段路程花了八千日元，原來的計劃是不用取道高速公路，所以旅費的整體支出上失了預算。旅程中總有這些那些意外，其實不必不太介懷。我不知道如果我堅持依據電子地圖的提議，是否路程會較短？說不定也許會更長：在不知名的鄉郊的道路迂迴前進，午夜後才到達目的地。我寧願選擇安全，做一個聽話的駕駛者，服從科技的指揮。

　　高速公路的設計，本來不純粹是交通方便的理由，也不是方便像我們般偶然的訪客。在規劃上公路經過的市鎮，定必對它們直接或間接帶來巨大的經濟收益。像北海道大部份地方還未有高速公路連接，所以要運送貨物例如農產品，可能需要較多的時間。難怪爭取這些規劃對許多人確是趨之若鶩。前些日子中國大陸有個市鎮居民對計劃中的高鐵不經過該處，提出強烈的抗爭，引起大家的討論。我的一個朋友說得好，有發展機會，就有各種可以賺錢的方法，沒有人會討厭額外又容易招來的財富吧。

　　對旅途上我找不到喜愛收費或不收費的高速公路的理由，因為路上飛馳得太快，只是向目標邁進，看不到道路兩旁的景色。若果時間許多，我寧願找一些一般的道路，按照安全速度駕駛，那樣的話，便可以隨意停下來，譬如走進一些陌生的店，遇上一些陌生的人。雖然我的日語有限，未必完全能明白他們說的話，但他們都像有對顧客比基本更好的

禮貌，所以使我覺得很舒服，忘記他們其實未必懂得我說的英語或日語。

從十勝川回新千歲機場又是收費高速公路，大部份是架空道路，也經過不少穿越高山的隧道，差不多有九至十個。我覺得這是整個旅程最富挑戰性也很危險的道路。說它富挑戰性，因為隧道一個接着一個，眼睛不容易適應白天外面的猛烈陽光和隧道內的低暗燈光。說它危險，因為感覺疲倦的話，真不容易找到一個中途歇腳的地方，可以暫時停下來，走出車外舒展筋骨。想起新州的道路設計，覺得真是從駕駛者的安全去考慮。這些為長途駕駛者的路面設施，其實是很不錯的。

在澳洲的高速公路，往往有不少路旁停車歇腳的地方，讓長途駕駛者有個短暫休息的時間。譬如新南威爾士州的公路上，不時豎起這樣的字句：Stop Revive Survive。意思是適當時間停下來，得到休息，自然能夠保存性命，避免意外。因此在公路兩旁的休憩處，有時候見到一些志願者為旅客提供熱飲餅食，歡迎隨緣樂助。大家互相也可以天花亂墜，胡說八道，接着再重新上路。須知道，新州的其中之一的主要交通意外成因，不是酗酒，也不是超速駕駛，而是疲倦。

我們總是說澳洲很多科技的推行往往不及其他先進的國家。但駕駛過北海道的高速公路後，覺得有時候澳洲有它優勝的地方。例如在北海道的高速公路上也沒有加油的油站，要避免中途汽油用光了，就必要在之前為汽車注滿汽油。旅

行有時候不是看別人的生活如何美好，反而引發去想一想：世上根本沒有天堂。不必走出世界，自己居住的地方，原來也有很不錯的風景。

二〇一五年六月二十一日

鹿港

　　我們趕到鹿港的時候已是傍晚，正是友人一再說過欣賞此地風景的最好時間。因為途中遇上幾陣細雨，把我們熱切的心冷卻下來。站在彰化往鹿港的公共汽車上，我好幾次彎下腰從車窗的框架中窺視落日的景色，卻只看見一片又一片的田野，疏落的樹叢和零散的的屋子四周瀰漫一層薄薄的鴿灰顏色。雨雖然停了，天空仍然老樣子不快樂。車廂內坐得左搖右擺的都是歸家的人，我想再多等一會兒，他們可以在向西的露臺上，坐着喝一口清茶遙看澄黃的夕陽。然而我們必須趁早黑的日暮裏尋找棲身的地方。

　　許多旅店距離車站不過數分鐘的腳程。我們下車後雨又輕輕的來了，只好立刻選擇最接近的這間。女店主為我安排二樓兩個相連的房間。我仍是記掛着何時可以到外面去看看附近的街道和樓房，我不曉得在這樣灰暗的天色下，還可以再走向海邊多遠。許多店子都已關門了，旅客也應該趁着入黑前到路旁的旅店投宿。

　　安頓下來，回到入住登記處，一位老伯伯看見我們欲行又止，就說：雨不輕，還是休息一會吧。明天你可以到前面

不遠的地方參觀廟宇。若要看海，我的孫子有空可以帶你過去。是的還有一段路啊，海在那一頭。

老伯操閩南語，夾雜幾句國語，幸好我還懂得大部份的意思，於是就回房間計劃翌日的行程。鹿港是個小鎮，就算沒有地圖也該沒有甚麼問題。我們首先想到就是隨便闖闖，若果迷失了就問路好了。我腦海裏面有一些以鹿港為背景的小說和散文，還有些短小但精彩的遊記。這些書都說鹿港保存了過去文化的特色，所以想起鹿港的印象，就是這個樣子那個樣子：鹿港在旅遊版的廣告上、鹿港是一張風景照片、鹿港在廟宇的建築雕刻上、鹿港在天后娘娘的慶祝遊行裏、鹿港是明信片、鹿港是名勝等等。這些介紹令人感到糊塗了。

鹿港是怎樣的一個地方呢？我不懂得回答。我終於在窗子外面的瓦背屋頂上看到聽說的美麗夕陽，在雲堆裏閃着橙黃的金光。那一刻我們在房間裏整理衣物，準備外出吃晚飯。我很想拿起相機拍一張照片留念。可是窗框把落日割成碎碎的十多塊，像是胡亂併合的圖畫。我努力的迎着光細看，陽光把附近的屋頂都照得通亮了。再遠望去，那數不盡的樓房後面，是不是海呢？我不曉得是否聽到海濤的聲音，翻翻滾滾隨陽光湧過來。

第二天早上我們沿着馬路向前走去。離開旅店的時候，店主一家好像還未醒來，事實上太陽早已升高了。我們踏着自己的影子向西面走去，海邊就在那一端吧。鹿港真是一個充滿宗教氣氛的小鎮。我們看到古舊的廟宇、處在兩幢樓房

的夾縫中的小神廟，還有敞開大門給我們看到的神壇，香火鼎盛，都不忘記告訴我們以前和現在生活中微妙的共通之處。有些地方轉變得真是厲害，有些卻在萬千變化的世情裏面，保留一些美好的東西。這些保留下來的東西，不單是令人緬懷，更重要的是保留了優美動人的質素。羅大佑用沙啞的嗓子敍述鹿港：臺北不是我的家，我的家鄉沒有霓虹燈。鹿港的港口，你在哪兒？

結果我們沒有看到海。原來海邊距離我們的旅店有個多小時的路程。我們擔心往返需時，可能誤點，不能趕及登車。我們走進鹿港文物館參觀，才知道海水和河口的沙泥爭持數百年，最後黯然給堆積的淤泥驅逐返回它的老家。當年旅店附近就是朝西的大海。文物館內我們看見數幅海水敗退的圖樣。現在遠帆逝去，海邊長年累月讓海流帶來不斷的侵蝕。海真是一片愁容嗎？我想這次走訪失敗也好。既然沒有看過鹿港的海邊，希望有機會重來的時候，有一番意外的驚喜。

一九八四年

雨和蜘蛛

臺中最惱人的是雨。下車的時候雨已經在等我們了，要逃避它也逃避不了。我們要找前往臺北的客運車站，先看班次，然後決定逗留時間。問了好幾個人，才曉得車站原來就在我們站的地方的另一邊，通往車站的路就在幾幢樓房的後面。我們站在街口張望了好一會，才鼓起勇氣踏着水窪前往。那時候雨下得更認真了。林沒有帶雨傘，其他的友人卻準備了雨具，五個人跑在一起，沒頭沒腦的向前衝。我們先看到廁所，林進去很快便跑了出來，可能味道不比尋常。我們跑過幾個售賣糖果的攤子，好像有一個還兼賣些衣襪的。雨太大，我們停下來，在攤子前指指點點，其實想躲躲在帳篷下面避雨。可惜五人一起太擠了，只好別了它，希望盡快趕到車站避雨。跑不了好幾步，一看才知道前面要走上露天天橋。天空灰得怕人，看來雨勢會轉大。

在車站裏查看班次的時候，我才注意到自己的衣服已沾濕了一大半。林和我為了保護相機，濕了半身，鞋子也灌進水，吱吱的叫。我們打算逗留一天左右，翌日下午返回臺北。一切既定，於是我們回頭找旅店。雨仍然淅淅瀝瀝落

下，我們半跑半跳再橫過天橋，耳畔響起一種細密的節奏。天橋上有個人在叫賣手錶，他就幾隻錶掛在箱子外邊，按左按右對路人說它們的好處。我不知道有沒有人冒雨停下來。時間在雨中慢慢流過，雨下得像指針秒針的擺動。

最後朋友和我找到了一家旅店。它掛着一個叫香港的招牌，我們以為它和我們生長的城市有些關係，所以毫不猶豫訂了房間。其實女店主不會講廣東話，也聽不懂。房間裏暗暗的，沒有空氣調節，熱濕濕的坐在牀邊不知如何是好。我回到登記處，用蹩腳的國語叫她來看一下，但見她和另外一個女人在看電視，虛應了一聲，不是立即起來。隨後她終於來了，抬頭一望，才發覺牆壁的上端有隻手掌般大的蜘蛛。蜘蛛動也不動，女店主說：放心吧，牠會跑去的。我心裏發毛，心想對着牠別想穩睡，要求換個別的房間。但女店主依然說：放心好了，每個房間都會遇到蜘蛛，現在這間不比別的差。最後我們說：給我們殺蟲水，我們打算幹掉牠。

我們把殺蟲水對準蜘蛛噴了三兩下，牠跌進衣櫃和牆壁之間的空隙裏，大概死去了。女店主得意離開後，我們趁雨出外吃東西逛商店。我們進了幾家書店，在想買和不想買之間猶疑。等到這個城市有點睡意的時候，我們拖着疲倦的腳步回去。打開房門，駭然又碰見牆壁上的蜘蛛。這次牠的腳向上伸抓了幾下，逕自爬到天花板上，居高臨下，看來有點示威的意味。女店主知道後匆匆帶來了殺蟲水。她進門時踏着一隻蟑螂，嚇得呱呱大叫。於是她乾脆把滅殺的責任交給

雨
和
蜘
蛛

我，自己坐在一旁休息。我跳上牀，將殺蟲水的噴嘴對準蜘蛛，猛力按下，噴霧變成水柱一樣射到牠身上，不一會牠又跌下來了。這次我們決定要把牠弄去，可是大家都害怕得誰也不願意試。女店主說蜘蛛真的死了，不用擔心，說罷就走到別處去了。我也慌得手軟腳軟，和林爭論到底誰應移開衣櫃把牠弄出來。後來女店主回來，看到我們兩個大男孩太不像話，喝令我們合作移開衣櫃，自己用帚和鏟撿起蜘蛛的屍體，掉進廁所沖走，一場鬧劇終於結束了。

整頓一番後，躺在牀上，終於舒一口氣。惱人的雨已停，徘徊的蜘蛛卻揮之不去，彷彿依舊在牆壁上隱約攀爬。夜闌人靜，最容易叫人想這想那。我不禁在沉默的片刻為自己的舉止發笑。電影《安妮荷爾》裏戴安姬頓叫活地阿倫到她的家，原來房間裏有隻蟑螂。活地阿倫先是笑她，然後覺得要扮得勇敢，走進房間，慌張用網球拍驅逐牠，但最後還是怕得要死，逃了出來，安慰她一頓。這一幕道盡了內心的虛弱。我們一直用表面的說話來虛張聲勢，其實並非那麼勇敢的。

一九八四年

臺北的雨

　　中學時好像讀過一篇謝冰瑩寫的散文叫〈雨港基隆〉，只記得篇名。如果你願意花點時間在網上搜尋一下，我相信應該可以找到原文的。不過這樣的篇名就夠好了，因為它坦白得把基隆連結這樣討厭的天氣，令你當然永遠不會忘記。我到過基隆一次，乘坐花蓮輪到花蓮，啟航前看見那港口灰黑的海水。那天風和日麗，我記不得半空中有否白雲朵朵，但肯定沒有下雨。

　　那是一九八二年，我的第一出外旅遊。只記起啟航時大家都興奮得跑到甲板上四處看看，船艙內只留下很少人。到了公海，風浪開始肆虐，吹得輪船搖擺不定，大家很辛苦的維持平衡，再經過一會兒的掙扎，強者紛紛倒下，暈船浪者大不乏人，嘔吐大作。結果大家躺在甲板上，或坐或臥，呻吟不已。後來有人問，為甚麼要乘坐輪船呢？原來原因之一是想我們嘗試一下坐不同的交通工具，而且由蘇澳往花蓮的蘇花公路，經過前些日子大雨山泥傾瀉之後，行車太危險。要在第二次到臺灣旅行時乘坐公共巴士走過蘇花公路，才証實的確此言非虛。

　　今次重訪臺北，原來也竟是一連串的雨天。第一天半夜下機，已經感到空氣中的濕氣，沾黏在皮膚上、頭髮上。巴士上冷氣調節的溫度還可以，不過太疲倦了，以為春天的腳步沒有來得那麼快。第二天起來，是個陰天，天空下着毛毛雨。從重慶北路走向重慶南路，臺北車站工程正在進行中，如果下起大雨的話，沒有甚麼地方可以躲避的。於是走過了重慶南路近的書店街一段，雨還沒有來，於是打消了走進咖啡店避雨的計劃。剛好走到二二八紀念公園，雨間或落下來了，但不至於連續不斷。下了一會又停止了，天空放晴。雨要來終於還是要來。

　　等到我們走得疲倦了，想找一個地方坐下來，竟然在相機店林立的博愛路，找不到像樣的咖啡館。外表像樣的，裏面和外面的座位都擠滿人，有些人抽着煙，喝一口咖啡，談得興高采烈，好像短時間沒有離去的意思。這些咖啡館外面和裏面跟悉尼的全然不同，這裏是很刻意模仿一種西方咖啡館的裝飾，令人聯想到這都不是那些古古舊舊的傳統喝茶店。但談天說地的姿態則如一，大家都那麼願意暫時放下工作，走到這裏，放鬆了壓力。我們碰到一間擠滿人，到街對面的另外的咖啡館竟然也一樣如此受歡迎。我們只好多走一段路，終於找到了一間裏面空無一人的咖啡館。

　　結果大雨在喝着茶和咖啡的時候來了。天色一暗下來，接着打了雷，雨便嘩啦嘩啦的刮過來。看到人們紛紛打着傘子走過，便知道雨勢其實不輕了。走出館外看，雨沒有停下

來的意思。後來來了兩個顧客，怕都是避雨而來。

咖啡館的飲品，其實都強差人意。奶茶是從即冲茶包而來的，牌子好像叫阿薩姆，此處流行的。加了奶，更加了糖，茶味都給掩蓋了。反而懷念悉尼咖啡館裏或者在麥當勞快餐店供應那種叫 English Breakfast 的簡單奶茶。只是放一個茶包在杯子裏，加上滾熱的水浸一會兒，然後才自己決定放多少奶和糖。而我不加糖已經很久了。如果在家裏喝，我也不加牛奶，只加豆奶。因為已經愛上那一陣豆奶的香味。

不過從生意的角度看，一個茶包加上熱滾水，你會覺得太簡單太容易了，為甚麼要花錢冲這樣的一杯茶？不如自己在家裏喝好了。走到咖啡館，需要喝點東西，你是否願意以同樣的價錢叫一杯茶加奶？倒不如叫一杯咖啡吧。起碼覺得一杯熱咖啡是花了一點花巧，弄出來的一點小意思。後來在另外一間咖啡館，看到要泡一壺中國茶，原來要三百元新臺幣。誰說喝茶便宜？

坐在咖啡館裏等了個多小時，雨勢減弱了，就問問人如何走向捷運火車站。弄咖啡的人都年輕，很樂意告訴我們朝火車站的方向。在他們的指示下，不消一會就到達西門火車站。原來西門這個地方，就是多年前來過的西門町。曾經如此熟悉，現在又如此陌生。走到紅樓一看，才發現以前西門町的店鋪還在這兒，夾在新和舊、秩序和雜亂之間，任憑如何努力，我的記憶都翻不出那時的模樣了。

人的記憶就是如此奇怪，總會把一些毫無關係的東西糾

纏一起，叫你感到莫名其妙。我叫自己放棄找回以前的記憶了，因為記憶淡忘得如此厲害。告訴自己甚麼也不要緊，在雨中走下去，就當做重新認識這個城市吧。明天你記憶裏自然會有新的篇章。

二〇一六年三月二十日

書店風景

　　誠品書店的旗艦店位於臺北市的信義區，捷運市政府火
車站出口不遠。乘坐捷運，從車廂走出來，有地下的通道前
往。看清楚方向指示，只要拐幾個彎就到了。途中經過許多
商店，名牌如無印良品和其他本地的品牌，物品的價錢當然
有名牌的水平。不過始終民以食為天，就解釋了為甚麼食肆
如此眾多和普遍。記憶中，還是早年日本的食館聰明，七彩
繽紛的餐單放在店前的告示板和玻璃上，圖文並茂，就算你
不懂得文字說甚麼，都會從圖片中看出來。現在已經成為商
場的普遍風景了。邊走邊看，有如走在山陰道上，除非你忍
耐能力特別高，否則肚子空腹的聲音不時和應。看得一陣子
也看不完，難以下個決定，實在令人頭痛。

　　到了誠品書店的統一國際大樓地下，原來又是一個美食
廣場，果然沒有忘記普羅的食家，無論購書前或購書後都
可以稍作停留，為讀書的主題增添一個前菜或飯後的甜品，
甚至作為主菜也未嘗不可。這些食肆供應的異國美食，都是
刻意安排，來自五湖四海，使你不用擔心吃到一般本土的食
物，給你一個不一般的感受。晚飯時段真的人山人海，很多

人四處張望，等別人用餐完了，找到座位，才能購買美食。

不知如何，我們叫的排骨飯加高麗菜套餐只是小小的份量，肚子填飽了一半，只好在座位附近的另一美食店再叫一個以優惠價推廣的海南雞飯。店子稱自己為馬來西亞五十年老店，我們的朋友來自馬來西亞，但可能認識有限，未曾聽過此店。再咬下一口雞肉，不對勁。似乎烹調得過了火，肉質不夠香滑，跟我們以前別處吃過的水準相差甚遠。若果是老店，可能要想想辦法改善烹調技巧，留住顧客。或者根本不是甚麼老店，只是一個包裝而已。

到訪誠品是一個朝聖的心態。只能說包裝得如此別樹一格，已經收到成效，不由得你不去。在眾多的名店之間，書店能夠站得住腳，真的不簡單。這所二〇〇六年成立的旗艦店和其他的分店代表了誠品的經營模式，不單是售賣書本和提供閱讀的體驗。它要把經營的方式變成一種生活的品味。二〇一五年美國有線電視新聞網（CNN）評選全球十七間最佳書店，臺北敦南誠品首創二十四小時經營和售賣多種語言的書店上榜。誠品在大陸蘇州的旗艦店位於蘇州工業園區金雞湖，已經於去年十一月二十九日開業，建築面積逾十三萬平方米，更推出了誠品居所，將其中五點三萬平方米分拆成二百九十二個單位出售。你有興趣嗎？

到了這個地步，誠品書店代表的生活哲學正式成為一種範式，不再有包容的空間。沿着電梯而上，書國未到，先帶來些國際的品牌，與其說是一種別緻的安排，不如說它代表

了精緻的文化。我到過宜蘭的分店、臺北車站的分店，都有相同的布置和裝飾風格，一看就知道這是誠品書店的風格。不過宜蘭的店裏張貼了宜蘭生長的詩人林煥彰和文史工作者莊文生的作品資料，算是照顧和介紹了當地的作者。重慶南路的老書店，相比之下，顯得那麼寒傖，好像沒有了那份舊日的榮光。

不過我其實以前沒有走遍重慶南路，我的印象都是模模糊糊的。那些熟悉的書店和出版社，例如三民書局、東大圖書、儒林書局和金石堂書店，那麼多聚在一起，令人覺得有更多的選擇，也有機會找到一些特別的書籍。不過這次我只在書店街和相機街逗留了數小時，大雨下令人失去了走下去的意思。逗留多一點時間，可能找到一些跟誠品不一樣風格的書店。

在宜蘭的中山路一帶我走進了一間以售賣教科書為主的書店，意外地發現幾本有關領導人的禁書，誠品不出售，只有靠這些書店流通了。其實所謂禁書，一點驚人的內容也沒有。互聯網上的消息流通那麼快，只要肯花點時間，就了解所有真相謊言都混合在一起。看得多，自然曉得分辨真假。要禁止，只會造成更大的宣傳效果。大眾的眼睛是雪亮的。正如在宜蘭，旅店的晚間負責人跟我們談起誠品書店，她說她其實沒有去過，只不過因為覺得它高不可攀，便沒有甚麼興趣了。

對的，沒有到過誠品書店，又有甚麼損失呢？我們是有

不同興趣的人，需要不同的書店。如果只有誠品，沒有其他的書店，這個社會變得單一化，也是失去了多樣的活力，沒有甚麼趣味的。

二〇一六年三月二十七日

梨山

　　接載我們到梨山的小型客車司機姓連。連姓是臺灣的大家族，出了幾個有名政治文物，不知道眼前的連先生是否家族的一員。但連先生倒是一個很熟練的司機和導遊，對附近甚麼地方都瞭如指掌，聽得人很開心也很放心。車子是南韓 Hyundai 的七人車，澳洲也有這個版本叫做 iMove，坐了我們三個人，當然很寬敞舒適。連先生的駕駛技術當然好，從臺北到宜蘭都是廣闊的公路，難不倒他。經過宜蘭，原來要上山，路又窄又彎，天雨濛濛，又要回答我們的問題，難得連先生也把車子操控得收放自如，一點不舒服的感覺也沒有。

　　中途在一間茶園的銷售點停下來休息了一會，看到很多人也停下來，上廁所，然後試一口茶繼續行程。聽說茶要高山上種的才有好品質，在半山上種植的茶可能不及高山茶。所以好像沒有很多人在這兒買茶葉，但試茶的人依舊不絕。

　　登車後經過約一小時多的車程，終於到梨山。梨山真是一個高山風景區，平均海拔一千九百公尺。香港最高的大帽山只是九百九十八公尺，悉尼附近的藍山國家公園最高的 Mount Bindo，也只不過是海拔一千三百六十二公尺，嚴格說

起來，都不算高山。根據網上資料，一般是每上升一千公尺氣溫下降攝氏六度。因此梨山山區和臺北市的溫度，應該有些微的差別。但下車後覺得好像和臺北的溫度相差不遠，只是有點濕冷。

濕冷當然不舒服，但寒冷一點，比悉尼早陣子的悶熱好。出門旅行，習慣必留意每日的天氣預報，在臺北看見電視上氣象局的發言人忙着為天氣預測辯護，顯得非常狼狽。我相信天氣是愈來愈不可能預測的。你看由悉尼到臺北，大家都紛紛責難氣象局，為甚麼不能準確的預報天氣？數據不夠全面嗎？還是採用的資料出了問題？細心一看，電視上的天氣預報千篇一律，衛星圖上面的資料告訴我們，中國大陸在左方，日本在上方，菲律賓在下方，只是差不多看不見位於中央臺灣這個小島。

氣象局預測中國大陸的冷鋒將會逐漸南下，吹過海峽後，臺灣這邊接連幾天烏雲密佈，跟着惡劣的天氣又來。島的北和南相距不算遠，西和東距離更接近，有理由相信一般的天氣應該相差不遠吧。不過聽說在高山上的天氣往往變化萬千。我們當然希望每天風和日麗、藍天白雲，但世事無絕對，陰晴不定，禍福更難料。

臺北市到宜蘭之間的距離是五十五公里，再往西南攀上梨山，車子要多走一百公里。到了梨山，立即看到像地標一樣的梨山賓館。車子依靠衛星導航的幫助，再往前走三至四百公尺，才到達我們住宿的地方。旅館規模其實不算小，

跟其他旅館相連，而且價錢還較梨山賓館相宜。梨山的天氣跟臺北一樣壞，也要跟着下細而密的雨，不過山上的雨可能是霧，聚合了一會又散開了。有時雨下得頻密，不能不打傘，但有時刮起風，打傘也不能擋雨。

煙雨中看梨山，比晴天另有一番味道，因為分不出從山脊飄上山峰的是雨還是霧。不過到了天池，確是下起大雨來。天池海拔二千六百一十四公尺，位於福壽山農場內。看農場官方網頁介紹得恍如人間仙境。不過在雨中觀賞，看見池水泥黃，聯想不到有何獨特之處。在大雨中拍了幾張照片，就匆匆走入達觀亭避雨喝了杯臺式奶茶。達觀亭有它的故事，有興趣深入瞭解歷史的人自然覺得別有趣味。更況且它不收門票，只規定脫了鞋子入內參觀。花點時間閒坐在二樓近看天池，說不定看出另一個有趣的世界。

風流人物俱往矣。梨山最吸引的地方還是漫山遍野種出來的梨和茶。梨的收成期已經過去了，但攤子上擺賣的梨還是那麼新鮮。我們走近一個可以試食的攤位，吃了一片剛切下來的梨肉，果然又清甜又多汁，就決定買下一個回去慢慢品嚐。結果後來我們咬了一口，就覺得比不上試食的梨肉那麼清甜，証明廣告對產品的行銷多麼重要。我沒有走去賞茶，不是因為害怕廣告，而是根本分不出甚麼是好茶壞茶。我對茶無知得很，相信要下番苦功。

有人說旅遊臺灣，欣賞的是人情味濃厚，我絕對同意。不過也有一些不是那麼誠實的人，說的話叫人半信半疑。例

如如第一個晚上我們每人花了三百多元新臺幣，吃了一頓旅館準備的晚餐，覺得水準只是一般，而且價錢也比外出貴。但旅館的人說外面的價錢比旅館高出許多，完全不是那回事，只不過環境跟旅館的餐廳不同。要試地道的食物，還是要跑到外面去，用自己的眼睛看個清楚。做遊客生意，說的話還是帶有一點修飾。

朋友問我有沒有想起「梨山癡情花」？這首謝雷原唱的歌是否還在此處流行，我一無所知。可能來訪的部份遊客聽過這首歌，可能隔壁卡拉 OK 房內的人還會大聲唱。不過梨山的吸引之處，還是今次在煙雨中看到的一點一滴風景人物，留下的印象比一首老歌還要鮮明。

二〇一六年四月三日

排骨麵

梨山那麼偏遠的山區，因為是景點，看到遊客當然不奇怪。就算是入夜後，你依然看見一輛大型的旅遊巴士停在路旁，等待用餐的遊客。說起吃飯的地方，其實還不過兩間稍有規模的店，近門口張貼了餸菜的價錢，叫食客一清二楚。其餘一間叫做咖啡館，很有地方色彩。但看不見侍應的影子的一刻，你也該稍為先想一想，究竟要不要冒險一下。結果也作罷，在外邊看看就夠了。

吃晚餐的餐廳坐滿了人，燈光通明，跟冷清的街道形成一個強烈的對比。如果沒有旅行團包餐的話，在這個春雨綿綿的季節，相信很難找到很多的食客。我們在中午嘗過其中的一間，按照餐牌點了幾個小菜加湯。菜是小小的一碟，份量比正常少，以健康的水平不吃過飽來說，算是足夠，價錢也便宜。如果是平價包餐旅行團，沒有甚麼好投訴的。清炒高麗菜是其中的必吃之選。這種叫高麗菜的蔬菜，即是捲心菜，也是香港一般叫的椰菜，普遍種植於梨山。第一次聽到叫做高麗菜，覺得奇怪，不知是否因為韓國用它來做泡菜有關。如果你有看過去年的日劇《限界集落株式會社》中，反

町隆史回到世代務農的老鄉止村，看到在田裏正在收割的，就是如此普通但大大顆的高麗菜。看來平凡的菜，竟然是許多人日常的美食。

我們向前走，看看有否別的食肆。路燈照着前方，兩旁的店差不多全關上門。有趣的是，日間經過的時候，也有不少的店關了門，到底是否還在營業呢？或者是在某一個時刻為特別的顧客開了門又關上。梨山的街和臺北的一些街道一樣，是沒有行人路的，要走就要走出馬路。馬路旁又泊滿了汽車和機車。小鎮的車走得慢，在你身邊繞過，你可能並不察覺。但下着雨，既要打傘，又要留意車輛，有時候又想拍照，心想快一點找到另外一間餐廳就好了。

結果我們來到昨天下午吃麵的小店就停下來。黑夜裏走路，除非前端還有燈光，否則還是別走前去，不知道要走多遠才有另一間。這間小店早上十時營業至晚上七時，像麥當勞一樣，只售賣幾個招牌麵和飯，別無他選。牆壁上標榜的「獨家精製梨山排骨麵」，盛惠臺幣八十五元，等於三點五澳元。三點五澳元在悉尼只能叫一小杯咖啡。店內其餘雞腿麵和飯都也是八十五臺幣，便宜得難以置信。

吃過這個鎮店的招牌菜「獨家精製排骨麵」，覺得其實不算很特別。排骨是早經油炸冷卻，到顧客點選排骨麵，就取排骨放在麵上，伴上少許高麗菜，再放湯，嚴格來說稍為脂肪過多。是不是獨家，待考。不過令人感興趣的，是牆壁掛着的「獨家精製排骨麵」菜牌，魏德聖簽了名在上面，日

期是二〇〇九年年十二月二十日。魏德聖是誰？看過《海角七號》和《賽德克‧巴萊》，你必定會記得他。尤其《賽德克‧巴萊》的部份場景，就在梨山山區內的福壽山。根據魏德聖的電影手記，工作人員逗留在福壽山的時間為二〇〇九年十二月十七日到二十三日。那段時間不是雨天，就是晴天，而導演需要的卻是陰天。

店子叫甚麼名稱，我卻忘記了。第二次吃的時候，吃完了，倒看個清楚在牆上的各式各樣的證書，才知道店主原來是修理水電的。事後再翻看照片，也記得店子的招牌就大大的掛在門口，下端掛着「小吃部」。看來店主還是很希望他的店不單是提供美食，而是繼續維持他引以為傲的修理水電的手藝。不過經過魏大導演大筆一揮，除了本地人，其他到來的旅客，都只會留意這個招牌菜，讚嘆不已，跟着點菜，不會留意店主其實也有其他的才能。的確雖然臨近關門的時候，還有很多人進來吃東西，直到店主匆匆清理桌面，才知道休息的時間到了。

想起魏德聖就在這段時間來到這裏，吃一碗麵，應店主的要求題字在菜牌上，為小店增光一下，有何不可？古代的詩人墨客，不是如此這般的塗鴉嗎？

離開梨山的那天早上在酒店內吃早餐，餐廳只有我們三人。邊吃邊四處看，忽然看到牆上原來題了「馬英九」三個字，下題 96. 7. 15，究竟是公元一九九六年抑或是民國九十六年，無從得知，但怕是民國九十六年即二〇〇七年

居多。馬英九在臺灣有誰不知，總統位期快滿了，曾經帶來希望又帶走希望。所以對於執政者，從來都不要抱有任何幻想。上場之前英明神武，答應這答應那，上場後露出本來猙獰面目，與狗熊無異。還是平民百姓時，和靄可親；當了官，面口自然不同。

　　牆上是否馬英九筆跡，只能求證於店主。不過真假又如何？看過許多所謂偉人聖人，德行如何，心中有數。倒不如趁自己身體無恙，四肢健全，多走一些地方，多看一點風景。

二〇一六年四月十日

餐廳裏的黃鼠狼

　　旅行了兩星期多，回到悉尼，瞬間便踏入秋涼，晚間和早上的氣溫下降到攝氏二十度以下，實在舒服得可以，一些暑氣也沒有。想起在臺灣的十天之中，八天是陰天或雨天，不能不算是一個難得的奇遇。天氣變幻無常，叫人沒有甚麼好抱怨。只記得那天從福壽山農場叫車載我們下山，就是因為下着一場大雨。吃過午飯後雨勢加大，左看右看，雨好像不會稍停，沒有公車，徒步走下山恐怕有危險，所以直接打電話叫旅館的人可否開車上來。

　　開車上來的旅館人員叫 Michael，其實是廚師，也應該是旅館主人的唯一得力助手。在旅館內，除了兩個貌似印巴籍的工作人員外，就只有旅館主人和 Michael。我們吃過他弄的晚餐，味道還是可以的。三個人五個菜中，包有炒蝦、矮瓜、紅燒腩肉、酥炸春捲和一個雜菜煲，和外邊的一般套餐的菜式有些不同，加上白飯，沒有理由吃不飽。其實在旅館吃晚飯只有我們三人，然後看樣子我們的早餐也應該是由他準備的。不知道晚間下榻旅行團的套餐是不是全由他負責，若是的話，工作份量也肯定不輕。

來自臺中的 Michael，跟着這間旅館主人打工。在這個旅客不多的季節，他對我們說有時候是清閒得可以，聽說有時候還可以找到日子回到老家去。早上從旅館上到福壽山農場，坐上 Michael 的小型貨車，只有十五至二十分鐘的車程，每人付了臺幣三百元，我們知道價錢不算便宜，看樣子旅館主人參考過另一間大型酒店上山的收費，所以大膽的要收取我們這個費用。既然我們沒有車，附近沒有計程車，等於肉在砧板上。我們原本打算漫步下山，沒想到雨下得太大。我想其實 Michael 知道天氣會變得更壞，所以早已暗示他和車子可以隨時候命，旅館主人也在日間外出，不用擔心。但他從來沒有提到回程的費用，我們都以為是一個樂意的幫忙。到我們從雨中奔進旅館，店主人就突然出現在櫃枱前，笑着說你們可以先付下山的車費嗎？每人也是臺幣三百元啊。

　　大家常說，臺灣的人普遍待人熱情，不認識的人碰個面也會聊上好半天，也許這應該都是事實。例如在超級市場內，你想找甚麼，店主人都會樂意幫忙。但這時突然出現的旅館主人，和那種不透明的收費，我就開始懷疑，這些熱情也許有一些計算在內，不是打從心中流露出來那種自然的處事待人的態度。譬如說我們常常說日本人不是那麼有禮貌的。但試想想：在接觸之中，你是否感到舒服？有沒有覺得在禮貌之下讓人感到半點不自然？如果沒有的話，這也許就是日本人成功的地方。我們也許有錯誤的假設，以為所有人也一樣的友善，其實現在最好別相信還有免費的午餐。

別希望人面桃花依舊，現實就是如此坦白。多年前我和幾個朋友到訪臺中，找不到火車站，只好隨便找個人問路。結果一個熱情的女孩願意帶我們走十五分鐘的路，再自己走回家，現在回想起來她簡直美麗得像個天使。現在要問路，心中有許多的盤算：找甚麼人，怎樣問？會不會惡言相向？後來發現，原來大部的手機上的衛星導航地圖，可以準確指示現在我的位置。既然如此方便快捷，還有甚麼好問？手機差不多親密如朋友。

　　不過在人與人的交談之中，你還是可以聽到很多有趣的事實，而且百分之百給你心靈的富足，這一點手機絕對幫不上忙。記得下山回旅館的途中，Michael問我們下一站住宿在哪兒。我們說是武陵農場，他不假思索，衝口而出說那邊有很多老鼠啊。我們以為他在開玩笑，想趁機叫我們逗留多幾天在梨山。雖然武陵農場在這附近的山區內，離不開雨帶，但我們都不想住宿同一個地方過久，決定按照原來計劃前往。我們也差不多忘記這個玩笑。

　　我們住的是武陵國民賓館，地下是用餐的地方，樓上兩層是住宿的地方。住在農場另一端的住客都會來這裏進食早、午、晚三餐，可算是一個很熱鬧的餐廳。住宿服務包括了晚餐和早餐，都是自助式，實在很優惠。第一天走得累了，趁着別人還未蜂擁進來，晚上六時前就開始我們的晚餐了。跟梨山的旅館的套餐不一樣，自助式的晚餐自然令人食慾大開，我們吃了比平常還多的食量。正在稍事休息之際，

餐廳裏的黃鼠狼

忽然有一團黑影在我身旁的地上掠過，迅速竄進盛載食物的桌子下。

我向身旁收拾碗碟的侍應提及，她好像沒有甚麼反應。可能我的國語說得太差，她聽不懂。她帶着口罩，也看不到任何表情。我們只好不安的匆匆吃完回到房間。我們的房間就在餐廳樓上，餐廳裏黑色的小動物，或者會爬上來。想到這裏，連睡覺也感到不安了。是甚麼動物如此生猛？我們不約而同想起 Michael 日間的話，好像瞬間言之成理。其實他早已真心警告過我們，是我們不作一回事吧。

朋友第二天向櫃枱投訴這件事。職員說牠是荒野走進來的黃鼠狼，叫我們不用擔心。我們在網上找黃鼠狼的照片來看，根本是另一種形態，身體也不是黑色的。無論如何，心裏的黑影揮之不去。其實細心觀察之下，原來住宿的房間裏，很多地方的清潔程度，還是強差人意的。只是覺得而今作為一個旅客，在人生的旅程上趕路，只好學懂有時候要忍耐一下，凡事不必強求而已。

二〇一六年四月十七日

薩爾加多的凝視

在宜蘭的誠品書店，走進影音部的一小角落，竟然看見文‧溫德斯（Wim Wenders）的 DVD 紀錄片《薩爾加多的凝視》（*The Salt of the Earth*），不想錯過，毫不猶豫付錢購買。一部由兩位大師合作的電影，三九九臺幣非常超值。如果有藍光碟，我也一定要買來收藏。雖然付錢那一刻其實我沒有想到我的 DVD 播放機有區碼的限制，其實不能播放臺灣出版的影碟。不過買了這張 DVD 之後，我相信有這個藉口買一部藍光碟播放機了。大家都欣賞藍光碟的高清解像度，在大電視上播出來，畫面的顏色和音響應該會更震撼。不過別見笑，我的電視有七年高齡，而且只有三十二吋，高清與否實在與我有何相干？

但是現在好像大家不看 DVD 碟了。大家從智能手機平板電腦看電影電視劇已成習慣。家中有大電視的，都走去看從電視盒串流下載那些不明來歷的娛樂節目，以為一個小小的盒子包羅萬有，又不用收費。可能香港有合法的電視盒子可供安裝，接收某個電視臺的特定節目。但悉尼地區有部份的商店出售幾個較熱門的串流電視盒子，費用包括兩至三年

內無限觀看由國內提供的節目，內容包含了轉播多條大陸和香港的電視臺頻道，再加上韓國、日本、歐美、大陸、臺灣的熱門電視劇集和電影。不過細心一看，這些節目都是從別的地方轉錄下來，例如韓國，所以你想看一齣美國近來公映的電影，畫面竟然出現了韓語字幕，當然又同時出現了中文簡體字幕，差不多佔了半個畫面。

節目之中最攪笑的竟然出現了「搶先版」。這些搶先版跟以前我們多年前禁之不絕的翻版光碟毫無分別。映象顏色較淡，畫面側向一角，中途更有觀眾的頭顱黑影出現於畫面下方，看來明顯是使用了一部攝錄機在電影院內偷偷錄影的。原來所謂搶先版就是偷錄版。如此苦心為電視盒的觀眾提供娛樂，是否應該肅然起敬？

不過電視盒原本的內容已經不清不楚，觀眾如果支持這樣的盜錄，就鼓勵了非法的行為。我們起初以為有免費的節目，但通過如此不正當的方法取得，實在不應支持。後來又發現所有港產片的廣東話對白全給普通話取代了。如此不顧原來的創作，刻意用另外的語言，是否考慮在悉尼說普通話的觀眾？但我覺得倒是有種特別的原因在內，不全是那麼簡單。不過這樣也好，直接找正版的電影來看吧。

跟買一本好書一樣，其實也可以購買喜歡的電影 DVD。好書不多得，好電影也難求。在往返香港悉尼間的航機上，趁機追看幾部荷李活的大片，補充一下好幾個沒有看的空白。但竟然發現，製作費龐大不等於出產好電影。例如最

新的一集《星球大戰：原力覺醒》預算兩億美元，收入近二十一億美元，但不見得電影拍得好：情節拖得太長，對白幼稚，劇情也不見得有新意，令人看得懨懨欲睡，只能說劇本和製作都出現了問題。所以單純從製作費去討論一部電影好與壞，實在令人失笑。

《薩爾加多的凝視》是發行商創作的中文名稱，原來的意譯「大地上的鹽」可能更貼切。薩爾加多的全名是塞巴斯蒂昂‧薩爾加多（Sebastiao Salgado），是當代最重要的紀實攝影師之一，一九四四年出生於巴西。「凝視」的大概意思是泛指鏡頭捕捉下的一切。這部電影穿插了許多薩爾加多的照片，從早期拍攝金鑛中成千上萬的淘金者到近年的創世紀計劃，都顯示了受戰亂和剝削的眾生百態。薩爾加多的兒子朱利安也是其中的一個導演。電影敘述薩爾加多年輕時，因為四處拍攝，父子相處甚少，朱利安對父親了解甚少。

《薩爾加多的凝視》有兩個解讀者，就是導演文‧溫德斯和朱利安‧薩爾加多。溫德斯追尋每張照片背後的意思，朱利安則深入重新認識他的父親。攝影師薩爾加多的獨白則為他的所有照片作出了註腳。難得的是，電影中發覺他其實拍攝了許多海灣戰爭中消防員撲滅油田大火的照片。薩爾加多的照片都只是黑白，但在光和影的強烈對比之下，眼中反而直接感受到一場真正人間煉獄。薩爾加多的照片都只是黑白，拍攝的主題是人，生存的和不幸死亡的人。每一張照片都對人類種惡行提出嚴厲的控訴。薩爾加多的作品之中，我

只有兩本攝影集。一九九七年出版的《土地》（*Terra*）和二〇一一年再版的《非洲》（*Africa*）都是好書，不應錯過。

　　難得薩爾加多從菲林走進數碼世界，比許多人更願意接受科技。電影中見他手執兩部 Canon 專業級 EOS-1 相機和鏡頭，在叢林中迅速追隨族人狩獵，又攀上高山，比許多人還動作敏捷，不像一個接近七十歲的老人。他還利用相機背後的熒光幕向拍攝的族人重播拍下的照片。看來一個心境不老，關懷世界的攝影師，還是有很多人生的經驗，值得我們好好反思的。

二〇一六年四月二十四日

新西蘭南島

　　親友去了一趟新西蘭的南島旅行，首站是首府基督城
（Christchurch），然後到庫克山。多年前我到過南島兩次，
其中二〇〇六年的一次由基督城駕車西行，跨過中部山區到
西部海岸南下，經過幾個看冰川的小鎮，再向東直奔庫克山
（Mount Cook）國家公園。是日天氣不佳，匆匆在庫克山的
酒店投宿就寢。翌日早上醒來，坐在庫克山的 The Hermitage
Hotel 吃早餐，在濃霧散去後竟然看到庫克山的山峰。庫克
山山高三千七百二十四公尺，不只是南島，而是新西蘭的最
高峰。從餐廳隔着玻璃望出去，不用外出，竟然如此看到那
個白雪覆蓋的山峰，只可以說是奇蹟。

　　從某些角度看，庫克山其實有些像瑞士的馬特宏峰
（Matterhorn）。但馬特宏峰位於意大利和瑞士交界，峰頂高
四千四百七十八公尺，比庫克山高得多。瑞士境美麗的山峰
多的是，在群山之中，由於馬特宏峰的峰頂像一顆參差不齊
的牙齒，得天獨厚，所以特別出眾。

　　庫克山國家公園有十九個超越三千米的山峰。庫克山在
新西蘭原居民毛利族（Maori）的名稱叫 Aoraki，是一個少

年的名字。傳說中 Aoraki 和他的三個兄弟出海，他們的獨木舟被困於礁石中。Aoraki 和兄弟們爬上獨木舟的高點等待救援，可是冰冷的南風把他們冷僵了變成石頭。他們的獨木舟變成新西蘭南島，Aoraki 變成南島最高的山峰。

其實十七世紀航海家阿貝爾塔斯曼（Abel Tasman）在一六四二年在太平洋一帶探險，首先發現這個高山。十七世紀英國航海家庫克（James Cook）船長發現新西蘭，但未曾發現這個叫 Aoraki 的山峰。不過十八世紀另一個航海家約翰斯托克斯（John Stokes）為了紀念庫克船長的成就，強行把山峰命名為庫克山。不過新西蘭的毛利族是從十三世紀已經在島上生活，比白人移民更早。更改庫克山的名稱是褻瀆原居民的歷史。一九九八年原居民和政府達成協議，把庫克山改回來的名稱 Aoraki。

對於重視原居民的權利這回事，印象中新西蘭的政府的政策比澳洲好，例如在首都威靈頓有原居民的博物館，也有報導原居民生活文化的電視臺。澳洲在這方面卻還有許多和原居民討價還價，不肯承認原來的土地擁有權，變相抹煞原居民的歷史。在專制的國家，這個統治機器到了極端，為了保護統治階級的利益，就對反對者進行鎮壓。口中說的只是強權，不是道理。幸好在民主社會，在反對黨和傳媒的監察下，還是有機會提出不同的意見，維護人權，尋求真理，甚至可以用選票把執政黨在改選中趕下臺。

南島是新西蘭最美的地域，當然有壯觀得令人興奮的景

色，但要和北歐的峽灣和格陵蘭（Greenland）的冰川比較，不免有點遜色。不過要讚許新西蘭的旅遊局是宣傳高手，它們的口號是「純美新西蘭」（100% Pure New Zealand）。Pure 也可以解釋為純潔、天然或者無污染人間樂土，世外桃源。但大家心中明白，世上那會有如斯美好的地方，新西蘭也坦白承認並非無污染。以前你以為南極是淨土，誰料新興的豪華旅遊已經逐漸把這個自然的生態摧毀。澳洲人喜歡到新西蘭的北島或南島，從悉尼直航，只需要三小時。澳洲新西蘭視彼此為一家，除了不用簽証，還有特別的出入境通道，實在很方便。

當然令新西蘭的風光廣為人熟悉的是電影導演彼得傑克遜（Peter Jackson）。他的《魔戒三部曲》（*The Lord of the Rings*）和魔戒前傳《哈比人》三部曲的背景中土（Middle Earth）就是新西蘭的湖光山色。如果你漫遊新西蘭，不要忘記閱讀魔戒的外景場地介紹，或者花一點時間追蹤一下其中一二個別有特色的現場。你會發現傑克遜用了特技把原本的風景加上不一樣的佈景。我們曾經根據書上的介紹，老遠的來到近看平原上的一個小山，在《魔戒》裏一個城堡就建在上面。不過在現實裏原來山上甚麼也沒有。電影真是一個幻夢。

至於南島的基督城，本來是一個很英式的城市。二〇一一年六月十三日發生了黎克特六點三級的地震，震央在基督城東南十公里，摧毀了許多市中心的建築物，一百八十五

人不幸喪生，約一萬房屋需要拆除重新興建，十萬間房屋受損。你以為新西蘭是先進的國家，基督城的重建應該不是太困難的事情。但親友看到至今許多受破壞的地方仍然正在重建，臨時的建築物隨處可見，不難想像當時破壞的情況。

朋友很想和我們到訪新西蘭，南島當然是我的強力推薦。必到庫克山，基督城也應該是首站。希望再訪之日，基督城已經劫後重生，有一番新姿采。

二〇一五年八月二十三日

基督城

　　到新西蘭南島旅遊，首站就是基督城（Christchurch）。驅車向西走，到達西部海岸南下，經過數個大冰川，著名的 Fox Glacier 和 Franz Josef Glacier 就在其中。驅車往南走，又是另一番風景。你會經過山中的林迪斯關（Lindis Pass），直奔庫克山（Mt Cook）或皇后鎮（Queenstown）。基督城位於南島中部的東岸，是南島的最大城市。記憶中來過南島三次，當然飛機降落後，爭取時間旅行，領取租車後，馬上匆匆離開，直到行程接近尾聲，才回到基督城，逗留半天一天，作市中心一遊。南島美景太多，忽略大城市，好像是必然。我只記起曾經泊車在雅芳河（River Avon）旁的露天停車場，然後走入市中心參觀，到過行人專用區和二〇一一年遭地震損毀的基督城大教堂。那些浮光片羽，是二〇〇六年。

　　基督城的人口還是以歐洲白人為主，佔了百分之八十以上。其次是亞裔移民，包括中國、印度、菲律賓、韓國和日本人。原居民毛利族人和大平洋群島的居民佔百分之十左右，中東地區的移民只佔少數。這個在平原之上的花園城市，本來應該是人間樂土。但三月十五日星期五一宗槍擊案

中，一名恐怖分子手持機槍走入兩所回教寺院，擊斃五十名平民，瘋狂程度震驚全世界。他用裝上自己頭上的錄像機刻意將行兇過程全程直擊，分享到社交媒體。在這長達十六分鐘的片段中，你看到兇手如何從車尾箱取出機槍，裝上彈夾，走入寺院，舉槍射擊每一個遇上的人。人們倒下了，還來回補上數槍。到最後，走回自己車子的當兒，又擊斃途人，甚至駕車從死者身上輾過。你以為自己眼花，看的電腦的互動遊戲。但殺人殺得性起，如此滅絕人性，難怪悉尼翌日的《每日郵報》大大標題的標題寫着：Monster。

甚麼是 Monster？用 monster 來形容兇手，很貼切，因為 monster 不是禽獸，只是獸性大發，變成了妖魔。我不相信他是中了邪，因為事前的貼文和直擊報導都証明他腦袋清醒，不是精神分裂，他清楚想殺的是甚麼人。他走進第二所回教寺院，先打死兩個人，子彈打光了，機槍丟在地上，遇上四十八歲的真英雄阿卜杜勒·亞齊茲（Abdul Aziz）。亞齊茲拾起空機槍追趕兇手，兇手欲跑回車上取槍，亞齊茲用槍擊破車子的檔風玻璃，兇手害怕起來，駕車追他不果就匆忙逃走。從開第一槍後到三十六分鐘，警車追上來，追兇手的車子靠近路旁，然後趕到的警察把他從車子拖出來逮捕。

兇手是誰？這個自稱來自平凡低收入工人家庭的惡魔叫布倫頓·塔蘭特（Brenton Tarrant），本來住澳洲新南威爾士州北部的格拉夫頓鎮（Grafton）。格拉夫頓距離悉尼市五百公里，人口約近二萬人。有個朋友說過生平未到過格拉夫

頓，不會遺憾，即是說純粹小鎮一個。不過格拉夫頓鐵橋橫跨小河 Clarence River，是連接新州和昆州的重要建設，因為昆州邊境就在北方五十公里。塔蘭特現年二十八歲，曾經在當地一所健身室充當教練。二〇一一年父親死後，他承繼了遺產，開始他所謂的環游世界。他的自白書曾經提及在法國目睹大量的移民入侵，令他大受打擊。他亦說過他的先祖是歐洲人，流着歐洲人的血液，說歐洲人的語言。問題是，歐洲那麼多語言，他到底有沒有搞清楚到底是哪國人士？不過顯示他的思想極端，已經喪失思考。

塔蘭特的七十三頁自白書在大屠殺前九分鐘發出來，收件者已括新西蘭總理 Jacinda Arden 的一個電郵地址。兩分鐘後新西蘭的國會保安部也得到通知，但兇手在何處犯案，實在茫無頭緒。你怎麼會想到暫居南島另一個城市但尼丁（Dunedin）兩年的塔蘭特，不在當地犯案，而驅車北上三百六十公里的基督城大開殺戒。塔蘭特的宣言清楚寫道，他討厭移民入侵白人的地方，因此有必要站出來用行動保証白人的將來。不過這個人究竟知道否，新西蘭和澳洲都不是白人原來居住的地方。如果叫外來者離開，理應包括白人。十九世紀末白人用船堅炮利的軍事行動，掠奪了原居民的土地。二十世紀初期，澳洲政府還以為原居民已逐漸消失，因此於一九〇一年十二月二十三日推出移民限制法案，不准非英國裔的人移居澳洲，也減少非白種人進來，為的是維持一個白人的社會環境。

　　白澳政策終結於一九六六年。一九七五年推出的種族歧視法案也帶領澳洲進入一個文明的社會。但白人的優越感依舊存在，現屆聯邦的執政自由民族黨聯合政府更帶頭拒絕難民。不久之前反對黨成功通過容許關禁於太平洋島嶼的難民可以因病而進入澳洲國境求醫，總理莫里森（Scott Morrison）瞬即宣佈重開聖誕島（Christmas Island）的難民營，把難民直接送往該島就醫。莫里森今次在大屠殺之後立刻譴責兇手，但他也是白人優越主義的推動者。澳洲唯一黨（One Nation）的前主席漢森（Pauline Hanson）更是其中的表表者。她其實討厭所有新移民，不過她知道亞裔的移民財力雄厚，才把焦點放在中東移民身上。所以說塔蘭特是妖魔，難道這些政客們不是妖魔嗎？不是他們在推波助瀾，塔蘭特怎會間接得到聲援？

　　右翼和白人極端主義者都不敢對暴行表態，只有昆州的國會議員弗雷澤・安寧（Fraser Anning）例外。他故意出席維州一個集會，把罪行的原因歸咎於引入大量移民，尤其是回教極端主義者。不過在他不以為意之際，席上一個年輕人將雞蛋在他的頭上敲碎。他向年輕人飽以老拳。一如其他帶有白人優越感的政客，安寧只是趁機出位。他骨子裏的醜惡，不比格蘭特少。反而這個年輕人不畏強權，表達他的不滿。

　　悉尼連續下了幾天雨，好像為這五十個無辜的死難者流淚。這個世界失去同理心，已經病入膏肓。大家也許會問，為甚麼唯獨基督城會如此不幸？

二〇一九年三月十七日

冰島這個島

　　從悉尼到冰島沒有直航班機，從這個我現居的南半球的城市到任何國外的地方都很不方便。唯一的方法是依賴航空公司的安排，把途中的停留地點稍為減少。今次選擇芬蘭航空公司，為的是它是直航從香港飛往首都赫爾辛基，然後轉乘飛往冰島的航班。由香港出發，經過中國大陸，飛越部份蘇聯，然後抵達芬蘭，飛行的時間不過是十小時。我們接着等待七小時後飛往冰島的首都雷克雅未克（Reykjavik）。

　　朋友問：為甚麼選擇冰島？我反問：為甚麼不選冰島？起初只是一個簡單的理由，為的是想到阿拉斯加看看冰川和海上的冰山。因為我們倆總是愛自己安排行程，所以花了許多時間在網上找資料，比較不同的旅遊方式，結果得出一個結論：坐郵船反而比較當地居民坐的渡船便宜。怪不得有人甚至計劃在郵船上渡過餘生呢。試想想，在船上每天吃喝玩樂。有天雙腳一伸，自有人打點身後事，不亦快哉。好了，目標已定，心想且等待着郵船公司推出優惠計劃。另外一個朋友卻說，倒不如到冰島吧。因為冰島自有它的冰天雪地，也許不局限於看冰川呢。想想也有道理。於是馬上推翻原來

的計劃，根據網上的資料，很快就擬定了旅遊的日子。留待將來跑不動的日子才躺在甲板上到亞拉斯加看冰川和冰山吧。

冰島的名字令人想起冰封的土地和海洋，對我來說，自然就聯想到那年在赫爾辛基看到的冰海。不錯，那次旅行在海邊看到的不是浪花流水，而是經過數月嚴冬帶來的大冰塊。海水早已凝固了。那感覺就像突然間寒流刮過來，頃刻把海水凝結成為很多巨大的浮冰。碼頭旁邊的船給這樣的冰塊緊緊的抱着，一切都像停止了。那灰色的天，還有灰色的冰。當你身體不舒服的時候，自然感覺任何的東西都像是灰色的。那年復活節假期我在赫爾辛基的大學醫院住了個多星期，被迫逗留在這個城市差不多一個月。其實只要多留下一點日子，就差不多獲得入籍芬蘭的機會。因為沒有延期旅遊這回事，申請入籍就是了。

錯過了就是錯過了，要懂得不需要惋惜。人生中太多的失落，太少的歡樂。

後來就選擇了悉尼住下來，也找到了安定工作。工作之餘，就想想開闊自己的眼界。

生活中的轉折有時像是一段又一段的、長短不一的旅程。有些人喜歡旅行，有些人毫不喜歡。有些朋友不能乘搭飛機，有些朋友覺得沒有甚麼比獃在家中更快樂。旅行是一個短暫離開工作或者煩惱的辦法。幹得倦了，生活太規律化了，需要一個短短的休息。可能再活得更起勁。當然每個人都會找一個旅行的特別理由。村上春樹近作《沒有色彩的多

崎作和他的巡禮之年》裏面的主角多崎作到芬蘭是想找尋朋友離開他的理由。我們千里迢迢到冰島，沒理由不找一個偉大的藉口，給這個行程配一個美麗的顏色。

我不是背包客，不想窮千山萬水，上山下鄉。我只是想在旅途上多認識一下平淡生活之外的點滴新鮮。每一趟的旅行，帶回許多珍貴的記憶，想多一點貪心，但也載不下很多。途中每日寫下的博客文字，儲存在相機的數碼照片，合成一份豐富的故事。上一趟旅遊英國和愛爾蘭三個星期，後來幸好從博客的文字，加上照片，自費印製了兩本攝影集讓感覺重溫。不然曾經在途上那麼熟悉的山水人物，不知道如何記得上。我是多麼喜愛博客，要不是有了這個方便，我的記憶隨着年齡消逝，往往把原來的地點和日子弄錯了。

我不是賽車手，不要問我在冰島駕駛可否帶來速度的刺激。一個良好的駕駛者定會體驗冰島旅遊的樂處。因為冰島的公路高低起伏，實在充分帶給你不同的挑戰。若是能夠按照安全的車速駕駛，就算不是冒險，冰島也有給你驚訝的、不斷高聲呼喊的風景。冰島的風景全屬於電影：流動的、立體的，背景是那大自然的音效。若是用相機拍下來的數碼照片，只是紀錄一剎那間的光影，不能感受那流動的節奏。面對這樣的風景，你要用錄像的方法，把你看過的每一刻仔細留住。旅遊冰島不一定要租車子。但是若是要自由安排行程和時間，租車遊玩有它的好處。而且我厭倦那些旅行團的「緊密」安排，和那些非常自私的少數人相處更是難受。冰島

是一個島國，由一條主要公路幹線環繞。網上的資料建議順時針或逆時針的方向環繞全島一圈。問題是很多地方都沒有旅店，從這一點到下一點，可能要駕駛很長的路途。天氣不佳的時候可能需要更長的時間。長時間駕駛趕路，結果疲於奔命，等於超時工作，喪失了旅行的樂趣。

冰島給你的第一個印象是風刮得強勁，刮得瘋狂。我們在空曠的地方下車，要緊緊抓住車門，或者立即把它關上，不然它彷彿會給吹走（據說許多車輛的意外都和吹走的車門有關）。接着自己要站穩，慢慢走向要看的風景。我記得有一次我要緊緊抓住扶手，迎着狂風步下木梯走向觀賞瀑布的平臺，心中只怕自己有一刻會被大風刮走。在整個旅行中拍下的錄像，風噪大得要命，拾音器的滅音設計果然達不到預期的效果。我原本把算保留這些噪音，或者擴大，作為一個冰島風景的特色。可是有些朋友覺得噪音有點過分。後來製作的影片就把噪音降低，加上另外的音樂。但是總覺得大風和風噪音是冰島的重要部份，要把它抑壓好像有些奇怪。不過既然是要表達那種感覺，也許純粹的映像有它的震撼力吧。

說起瀑布，冰島的瀑布的確是無處不在：小的、大的、高的、低的、長的和短短的。最動人的地方是它們可以距離那麼近，又那麼直接。把車子停在路旁，你就立即可以感受流水的力量：從高處狂奔而下，瀑布彷彿把一切都傾注在你的前面。你可以感受那撲面而來的水氣和那震撼的聲響。有時候你可以看見不只一條長長的布帛，而是兩條，有時候更

有數條從山頂直奔下來。就算你駕駛車子，可以隨意的停下來拍照也不容易抓住它們的氣勢。即使你用的是廣角鏡頭，總是不及你的雙眼，可以在瞬間把整個印象留住。

我們以前聽說過午夜的太陽的奇異景象，在這次冰島遊中終於遇見了。其實這樣的景象，如果了解到是因為來自太陽照射地球的角度後，便會毫不奇怪。其實不僅冰島，其他在北極圈內的地方，例如芬蘭、挪威和格陵蘭的北部也有機會看到。有些靠近海邊的小鎮（例如 Husavik）提供出海觀賞日出日落的情景。在海上看着太陽從一端沉下去，一會兒又從另一端浮上來。我並非一個慣於徹夜不眠的人，又害怕在船上遇到大浪眩暈，所以並沒有膽量嘗試一下。不過我們有數天在清晨四時駕車外出，除了可以看到午夜太陽下的特殊陽光景色，更因為沿途沒有其他的車輛，可以隨意下車拍照，實在很有意思。

冰島相比其他地方，是一個年輕的國家，因為它的地理開始形成於六千萬年前的火山爆發。這個獨立於一九四四年六月十七日的國家，原本是丹麥的屬土。因為四面環海，所以海鮮是每餐必然的選擇。我們最後的一站是從格陵蘭的伊盧利薩特（Ilulissat）回到冰島的雷克雅未克。本來要嘗試的三文魚湯，因為店子滿是顧客，結果在另一家吃得不是味兒。不過在途中我們已經嘗試過最美味的鮮魚餐。這所平民化的餐廳叫做 Tjuruhsid，位於冰島西北部城市 Isafjordur 的碼頭倉庫附近，外表毫不起眼。但不到六時半，晚餐的魚

湯已經沽清。廚師用簡單的煎煮方法烹調即日捕獲的鮮魚。魚肉味道鮮美，而且份量絕對是非常豐富，吃得非常滿足。有人甚至在這裏進食好幾天的晚餐，毫不厭倦。因為顧客太多，店主甚至要求遲來的顧客和我們共享一張桌子。能夠和陌生人聊天，有時候是一件不錯的事情。

我們行程的最後又要在芬蘭的赫爾辛基機場等候大半天。那年病癒離開，就在這個機場嘗過美味的三文魚湯。還記得湯裏面的三文魚塊，喝下肚子裏滿足的感覺。離開又回來相隔十多年，赫爾辛基的城市面貌變得陌生多了。不過機場的餐廳依舊提供那樣的三文魚湯，簡單的烹調，價錢也很合理。我叫了大大的一碗，坐在一角，仔細咀嚼魚的美味。難得那樣熟悉的感覺又回來了。

二○一四年

幾句話

感謝許定銘先生賜序。當年許生不嫌我稚嫩，讓我在他的「創作書社」工作。除了得到許多書的知識，也碰到許多寫作的前輩，開闊我的眼界。

多謝黎漢傑的鼓勵，幫助出版本書。

現在寫作之餘，多專注錄像。有興趣的讀者可觀賞我的YouTube 頻道「One Dot Less 少一點」。

本創文學43

非常風景

作　　者：迅　清
責任編輯：黎漢傑
封面設計：Kaceyellow
法律顧問：陳煦堂 律師

出　　版：初文出版社有限公司
　　　　　電郵：manuscriptpublish@gmail.com

印　　刷：陽光印刷製本廠

發　　行：香港聯合書刊物流有限公司
香港新界大埔汀麗路36 號
中華商務印刷大廈3 字樓
電話 (852) 2150-2100 傳真 (852) 2407-3062

臺灣總經銷：貿騰發賣股份有限公司
地　　址：新北市中和區中正路880號14樓
電　　話：886-2-82275988
傳　　真：886-2-82275989
網　　址：www.namode.com

版　　次：2020年10月初版
國際書號：978-988-75148-0-0
定　　價：港幣82元　新臺幣290元

Published and printed in Hong Kong